Simone Buchholz
Knastpralinen

Ein Hamburg-Krimi

Droemer

Besuchen Sie uns im Internet:
www.droemer-knaur.de

Copyright © 2010 by Droemer Verlag
Ein Unternehmen der Droemerschen Verlagsanstalt
Th. Knaur Nachf. GmbH & Co. KG, München
Alle Rechte vorbehalten. Das Werk darf – auch teilweise – nur mit
Genehmigung des Verlages wiedergegeben werden.
Umschlaggestaltung: ZERO Werbeagentur, München
Umschlagabbildung: Getty Images © Rose/Myllers
FinePic®, München
Satz: Adobe InDesign im Verlag
Druck und Bindung: GGP Media GmbH, Pößneck
Printed in Germany
ISBN 978-3-426-19814-8

2 4 5 3

Für Eric.

Und jetzt sag mir:
Wie weit würdest du für deine Freunde gehen?

Der Raum ist von oben bis unten gefliest, in einem hellen, matten Grau, kühl, modern. Die Schränke und die Arbeitsflächen, die Töpfe, die Pfannen und die Schüsseln sind aus glänzendem Edelstahl. In der Mitte steht ein Block aus zwei massiven Gasherden, mit jeweils vier Flammen. Links im Fußboden ist ein Ausguss.
Da sind zwei Frauen, etwa Mitte dreißig. Die eine hat dunkelblonde Locken, wirr hochgesteckt. Sie trägt ein knielanges, offensives Kleid. Sie ist eine von den Frauen, die man sieht, und man muss sofort an Sex denken. Die andere Frau wirkt eher nüchtern. Sie ist groß und schlank, sie hat ihre hellblonden, halblangen Haare zu einem strengen Zopf gebunden, trägt gutgeschnittene Jeans und ein enges dunkles T-Shirt. Sie macht die Ansagen. Sie scheint die zu sein, die sich auskennt.
Die Frau mit den Locken gießt Rotwein in einen großen Topf, in dem Topf liegen zigarettenschachtelgroße Stücke Fleisch. Die Chefin mariniert Koteletts in Öl und Kräutern und schichtet sie in eine Schale. Aus einer beeindruckenden Maschine läuft durch zwei Löcher frisches Hackfleisch in eine große Wanne.
Außer den Frauen ist niemand in der Küche. Die digitale Uhr an der Wand zeigt 3:37.

»Was glaubst du?«, fragt die mit den Locken.
»Um sechs sind wir durch«, sagt die andere und wischt sich mit einem dünnen grauen Handtuch den Schweiß von der Stirn.

Angel Heart

Die Luft in meinem verdammten Büro ist so dick, man könnte sich ein Schiffstau daraus stricken. Es ist übertrieben heiß in Hamburg, seit einer knappen Woche sprengt die Temperatur täglich die Dreißig-Grad-Marke. Und jetzt, über Mittag, legt die alte Stadt da noch mal ein paar Grad drauf.
Ich streiche mir die Haare aus der Stirn und binde sie am Hinterkopf zu einem Knoten. Ich knöpfe mein Hemd ein bisschen weiter auf, schiebe die Ärmel hoch und stelle meinen Tischventilator von *zwei* auf *drei*. Dann trinke ich einen Schluck Wasser, zünde mir eine frische Zigarette an und mache weiter. Nächste Woche wird drei Frauenhändlern der Prozess gemacht. Ich bin am Aktenfressen. Die Typen haben Mädchen aus rumänischen Dörfern einen vom Pferd erzählt, von tollen Jobs im Ausland, als Tänzerinnen, Kellnerinnen, Kindermädchen. Als die jungen Frauen dann in Hamburg ankamen, waren sie ihre Pässe los und mussten auf dem Kiez in billigen Hinterhofpuffs anschaffen gehen. Über Jahre haben die Wichser das durchgezogen, bevor wir Wind da-

von bekommen haben. Das Übliche halt. Irgendwie merken das alle immer viel zu spät, wenn Frauen oder Kinder gequält werden. Das merkt nie einer rechtzeitig. Ich kann es nicht wiedergutmachen, dass wir die Frauen so lange haben hängen lassen. Aber ich werde auf diesen Prozess vorbereitet sein, wie ich noch nie in meinem Leben auf einen Prozess vorbereitet war, das schwöre ich. Vor diesen miesen Arschlöchern wird die unbarmherzigste Staatsanwältin stehen, die je vor ein paar miesen Arschlöchern stand. Die werden sich fühlen wie die drei Streifenhörnchen, wenn ich mit ihnen fertig bin. Die werden den Tag verfluchen, an dem sie die Idee hatten, Menschen zu verschachern.
Die Frauen, die wir in einer dunklen Wohnung in der Kastanienallee fanden, waren wie Sklavinnen gehalten worden. Sie waren alle krank. Die Freier hatten ohne Gummis rangedurft, für dreißig Euro pro Nummer, und jeder von ihnen hat was Nettes dagelassen. Zusätzlich hatten vier von den fünf Frauen Verletzungen im Gesicht und am Körper. Und zwei hatten Kinder, die lebten da mit in der Hölle.
Manchmal verfolgen mich die Gesichter der Toten, die ich so zu sehen bekomme. Aber das hört in der Regel nach zwei, drei Nächten auf. Die Gesichter dieser jungen Frauen besuchen mich inzwischen seit sechs Wochen in meinen Träumen. Der Blick, den sie alle in den Augen hatten. Verängstigt. Entwürdigt. Geprügelt. Und die beiden Kinder. Wie die gekuckt haben. Als würden sie nichts von all dem begreifen und dann doch wieder alles. Soll das jetzt das Leben sein? Dieses schäbige, düstere Kabuff hier?

Mein Telefon klingelt. Der Brückner ist dran.
»Rothenburgsort, Chef«, sagt er, »wir machen uns gerade auf den Weg. Kommen Sie mit?«
Er klingt gehetzt. Der Calabretta ist noch im Urlaub, und die Stelle vom Faller ist bisher nicht neu besetzt worden. Die Kommissare Brückner und Schulle sind alleine. Die haben gerade richtig Stress am Arsch.
»Klar komme ich mit«, sage ich. »Was ist denn los?«
»Leichenteile«, sagt er, »wir wissen noch nichts Genaues.«
»Wo?«
»Am Sperrwerk in der Billwerder Bucht. Sollen wir Sie mitnehmen?«
»Ich bin in fünf Minuten vor der Tür.«
Ich mache den Ventilator aus, schnappe mir meine Kippen, mein Feuerzeug und meine Sonnenbrille und gehe raus. Ich denke darüber nach, ob ich den Calabretta anrufen soll. Leichenteile sind eventuell ein dicker Brocken. Wenn ich ihn anrufe, bricht er seine Ferien ab. Wenn ich ihn nicht anrufe, bin ich erst mal der zuständige Oberbulle. Ich rufe ihn nicht an.

*

Der Brückner hat das Kommando am Tatort übernommen, er stellt die Fragen. Das finde ich gut. Ich rede ja nicht so gerne. Und der Kollege Schulle ist mal eben hinter einem Streifenwagen verschwunden. Ich würde sagen, der wird gerade sein Frühstück wieder los. Ich zünde mir eine Zigarette an.
Die Spurensicherung ist ungefähr zeitgleich mit uns

angekommen, die sind noch dabei, den Fundort abzusperren. Gleich scheuchen sie mich weg. Ich stehe auf einem Grünstreifen rum, der zum Wasser führt. Hinter mir steht ein einsames Herrenhaus. Das Haus ist schick renoviert, in einem hellen Gelb gestrichen, und die neuen Fenster glänzen in der Sonne. Der Garten ist eher ein kleiner Park. Ich wusste gar nicht, dass es in der Ecke hier Leute mit Geld gibt. Gleich links steht noch eine kleine Villa, die ist nicht ganz so herrschaftlich, eher zierlich, wie eine Sommerfrische. Aber auch die hat vor nicht allzu langer Zeit einen frischen weißen Anstrich bekommen. Gegenüber liegen Gerümpel und eine verrottende alte Werft, rechts knallt das Sperrwerk in den blauen Himmel. Das Ding sieht ein bisschen aus wie eine Raffinerie, wie eine kleine Fabrik. Es überrascht mich, aber ich finde das alles ganz hübsch. Vielleicht sollte man öfter mal nach Rothenburgsort fahren. Ich muss das mit Klatsche und Carla besprechen. Mir ist heiß.
In ungefähr zwei Metern Entfernung auf einer Kaimauer liegt der schwarze Müllsack, wegen dem wir hier sind. Ich hatte gehofft, dass der Rauch meiner Zigarette den Geruch ein bisschen überlagern würde. Funktioniert leider nicht. Es stinkt bestialisch. Ich muss an die Schlachterei denken, über der ich als Studentin eine Weile gewohnt habe.
»'tschuldigung, Frau Riley, wir müssen hier mal eben absperren. Können Sie da hinten weiterrauchen?«
Ja, ja. Ist ja schon gut.

*

Ich hab mich von zwei uniformierten Kollegen an der Speicherstadt rausschmeißen lassen. Ich hatte das Gefühl, dass am Tatort schon genug Aufruhr ist, und dann kamen noch die Taucher, und dann immer diese Hitze. Da geht man den Leuten doch schnell auf die Nerven, wenn man unnötig wo rumhängt.
Und einer muss ja auch nach dem Faller sehen.
Der Faller sitzt da, wo er immer sitzt, seit er sich vor drei Monaten hat pensionieren lassen: unterm Leuchtturm. Der Leuchtturm steht an der Spitze einer kleinen Landzunge im Hafen. Der Faller behauptet, dass er da von morgens bis abends sitzt, weil es Spaß macht. Ich glaube ihm kein Wort. Der sitzt da doch nicht freiwillig. Der Faller hat nie gerne irgendwo rumgesessen. Der Calabretta sagt, der Faller sitzt da, weil er versucht, die letzten dreißig Jahre klar zu kriegen, und ich denke, er hat recht. Der alte Mann muss da sitzen. Sonst würde er nämlich zu Hause rumeiern, in Ruhe Zeitung lesen und den Blümchen in seinem Garten beim Wachsen zusehen. Wie man das eben so macht als Frührentner, wenn man die Schnauze gestrichen voll hat. Und er hat die Schnauze gestrichen voll, das hat er mir bei seiner Pensionierung gesagt. Ach. Was weiß denn ich. Er redet ja auch mit niemandem mehr so richtig.
Ich gehe links am Kaispeicher vorbei. Den kleinen, rot-weiß geringelten Leuchtturm sieht man schon von weitem. Er wirkt immer, als wäre er aus Lego, wie er da so klein und niedlich und irgendwie sinnlos über dem mächtigen Hafenbecken steht und vor all den Containerschiffen, Kränen und fetten Backstein-

bauten. Ich glaube, der steht da nur, weil das nett aussieht. Den braucht doch eigentlich kein Mensch. Außer dem Faller, der braucht ihn offensichtlich.
Der Weg zum Leuchtturm ist nicht asphaltiert. Die Hitze hat den Weg staubig gemacht. Gut, dass ich Stiefel anhabe. Fühle mich wie Clint Eastwood persönlich. Vor zwei Wochen, als es tagelang geschüttet hat, war das hier eine hässliche Sumpflandschaft. Da hab ich mich genauso gefühlt. Wie Eastwood natürlich, nicht wie die Sumpflandschaft. Das muss wohl ein Clint-Eastwood-Platz sein: Sieht verloren aus, ist aber ein stabiler Halt zu jeder Tages- und Nachtzeit, und bei jedem Wetter. Vielleicht ist der Faller deshalb ununterbrochen hier. Weil es stark macht, sich wie Clint Eastwood zu fühlen. Mit dem Eastwood-Gefühl im Leib kann man irgendwie eine Menge ab.
Er sitzt auf einem Klappstuhl, trägt ein weißes Hemd und eine graue Anzughose. Sein Sakko hängt über der Stuhllehne, und seinen alten Borsalino hat er gegen einen Strohhut getauscht, wegen der Sonne.
In der Hand hält er eine Angel.
Das ist neu.
»Faller?«
Er dreht den Kopf zu mir, sieht mich an und schiebt mit dem Zeigefinger seinen Hut nach oben, nur um ein paar Zentimeter.
»Was soll der Scheiß mit der Angel?«, frage ich.
Er schaut wieder aufs Wasser.
»Sie wollen mir doch nicht erzählen, dass Sie hier Fische fangen, alter Mann.«

Er lehnt sich in seinem Stuhl zurück und seufzt.
»Und wenn Sie was fangen?«, frage ich. »Wo wollen Sie das dann reintun? Ich seh hier keinen Eimer oder so was.«
Der Faller lächelt und sagt: »Ts.«
»Soll ich Ihnen vielleicht ein paar Köder besorgen?«
Er sieht mich an, als hätte ich ihn gefragt, ob ich ihm ein paar Teenienutten auf Koks besorgen soll.
»Das war eine ernstgemeinte Frage«, sage ich, »so wird das nichts mit dem Abendessen.«
Er seufzt noch mal. Dann streckt er seine Hand aus, zieht mich neben sich auf den Boden. Ich setze mich, und er legt mir den Arm um die Schultern. Mein Gott, ist das heiß hier. Ich mach mir ein bisschen Sorgen, dass der Faller einen Hitzschlag kriegen könnte. Vor unserer Nase fährt ein Raddampfer vorbei. Ich muss an Bellehaven denken, die Heimat meines Vaters in den Südstaaten. Da gehören diese blöden Dampfer zum Standardprogramm. Gaukeln den Amerikanern die gute alte Zeit vor. Mir wird auf der Stelle noch heißer.
»Hören Sie auf zu nerven, Chastity«, sagt der Faller. »Das ist hier schon alles so, wie es sein soll.«
»Warum glaube ich Ihnen das nicht?«
Statt zu antworten holt er zwei Roth-Händle aus seiner Brusttasche.
Die Tasche sitzt genau da, wo damals die Kugel durchging.
Mein alter Freund hat so ein verdammtes Glück gehabt. Manchmal wache ich morgens auf und habe das Gefühl, dass der Faller nicht mehr ist. Dass sein Herz

das doch nicht geschafft hat. Ich versuche dann, ihn nicht anzurufen. Will ihn ja nicht gleich morgens mit seinem eigenen Tod belästigen.
Er steckt sich beide Zigaretten in den Mund, holt ein Feuerzeug aus seiner Hosentasche, zündet die Kippen an, gibt mir eine davon und sagt:
»Sie sollten wieder mehr rauchen.«
Ich ziehe an der Roth-Händle und muss husten.
Elendes Kraut.
Wir starren eine Weile aufs Wasser und qualmen. Ich befürchte, mein Gehirn könnte aus Versehen schmelzen, und schnaufe.
»Was gibt's denn, mein Mädchen?«, fragt er.
Das ist mir schon vor ein paar Wochen aufgefallen: Der Faller und ich kehren so langsam die Reste unserer beruflichen Beziehung zusammen und schieben sie Scherbe für Scherbe zur Seite. Wir werden privater. Er wird väterlicher. Er hat aufgehört, mich Chef zu nennen. Mir gefällt das.
»Wir haben einen Kopf gefunden.«
»Oh«, sagt der Faller.
»Füße und Hände auch.«
»Oh, oh«, sagt der Faller. »Mann oder Frau?«
»Mann«, sage ich, »um die dreißig.«
»Lag das einfach so rum?«
»Nein«, sage ich, »lag alles ordentlich verschnürt in einem Müllsack in der Billwerder Bucht. Und damit das kleine gemeine Paket nicht schwimmt, war einer dieser Steine mit reingepackt, so ein großer, runder, wie heißen die noch ...«
»Felsbrocken?«

»Gibt's da nicht einen speziellen Namen für?«, frage ich. »Findling, oder so?«
»Ein Findling wiegt mehrere Tonnen«, sagt der Faller.
»Okay«, sage ich. »Dann war's eben ein Felsbrocken.«
»Wie kam das hässliche Paket denn ans Tageslicht?«
»Baggerschiff«, sage ich. »Schlickbeseitigung. Der Baggerführer hat sich gewundert und das Päckchen aufgemacht.«
»Unglücklich«, sagt der Faller. »Wie geht's dem Mann?«
»Ich glaub, den hat das überhaupt nicht beeindruckt. Der hockte da auf dem Streifenwagen rum, hat seinen Bauch in die Sonne gehalten und Witze übers Wetter gerissen. Schien ein robuster Kollege zu sein. Er hat erzählt, dass er vor ein paar Jahren schon mal eine Frau aus dem Wasser gezogen hat, gleich ums Eck, am Moorfleeter Deich.«
»Wie haben meine Jungs das weggesteckt?«, fragt der Faller.
»Geht so«, sage ich. »Der Schulle hat hinters Auto gekotzt.«
»Calabretta?«
»Ist noch in Neapel«, sage ich, »der kommt erst am Sonntag zurück.«
»Ach ja«, sagt der Faller. Er nimmt seinen Strohhut ab, wischt sich mit dem Handrücken die Schweißperlen weg und setzt ihn wieder auf.
»Ist Ihnen das eigentlich nicht zu heiß hier?«, frage ich.

»Nö«, sagt er.
Der spinnt ja. Aber ich will mich nicht schon wieder mit ihm anlegen. Ich halte die Schnauze und warte, bis ich fertig gegrillt bin. Irgendwann sagt der Faller: »Leichenteile also. Und sonst?«
»Nichts«, sage ich.
»Sicher?«
»Sicher.«
»Hm«, sagt er. »Ich hatte so ein komisches Gefühl, dass irgendwas nicht stimmt mit Ihnen.«
Ach nee, denke ich.
»Hauptsache, mit Ihnen stimmt alles«, sage ich.
Ich sehe ihn an und versuche, was zu finden, einen Hinweis auf das, was ihn hier die ganze Zeit sitzen lässt. Aber dieses Gesicht, das ich so gut kenne, diese furchige, freundliche Vatervisage mit der großen Nase und den müden Augen unter der Hutkrempe, das ganze liebevolle Arrangement, das lässt nichts raus, nicht für fünf Cent. Ich lasse ihn in Ruhe und schaue wieder aufs Wasser, und er macht das ja sowieso andauernd, und so schauen wir dorthin, wo die Elbe breiter wird und irgendwann bei Cuxhaven ins Meer reinfließt, und während am Horizont zwischen der dunkelroten großen Elbstraße und dem dunkelschwarzen Dock ein paar Möwen der Nachmittagssonne entgegensegeln, schiebt sich links von uns ein Frachter durch die Fahrrinne, fast lautlos und so groß wie ein Parkhaus.

Der Winter ist hart, der Sommer 'n Witz.
Der schöne Tag am See endet mit Donner und Blitz.
Der Wind peitscht, Kragen hoch, Kopf runter, Tunnelblick,
die Pullis und Jacken machen Magersüchtige pummelig.
Wir müssen mit allem rechnen, weil man hier sonst erfriert,
Deswegen wirken wir so komisch und so kompliziert.
So viele Strapazen und dennoch kein Grund, umzusiedeln.
Das Herz am rechten Fleck, die Füße in Gummistiefeln.
Der Grund, warum die Leute hier gern leben,
weil die Leute erst fühlen, dann denken, dann reden.
Und egal, wie es nervt, das ständige Grau, das Sonnenlose,
Wir zeigen stets Flagge, rot-weiß wie Pommessoße.
Ich sage, Hamburg ist die Hälfte von zwei.
Die Schönste, die Nummer eins, das Gelbe vom Ei.
Und statt unsympathisch, jung-dynamisch wie Friedrich Merz.
ist hier alles laid back, relaxed und friesisch herb.
Hamburg – nicht verwechseln mit Hans Wurst,
denn selbst der kleinste Pimmel hier ist nicht ganz kurz.
Also scheiß auf Tief Anna, Tief Berta, Tief Cora.
Dafür ham wir Musik, ham den Kiez, ham die Flora.
Oh ja, scheiß drauf, wir sind's gewöhnt.
Wir finden's schön, und außerdem, bei euch im Süden von der Elbe,
da ist das Leben nicht dasselbe.
Denn dort im Süden von der Elbe,
da sind die Leute nicht dasselbe.
Es ist arschkalt, scheiß Sturm, und es regnet wieder.
Apotheker fahr'n Porsche dank der Antidepressiva.
Das ist kein Winter, nee, wir haben das jeden zweiten Tag.
Das ist Hamburg, Mann, willkommen in meiner Heimatstadt.
Moin, ist doch klar, dass so ein rauhes kühles Klima prägt,

sich über Jahrhunderte auf die Gemüter niederschlägt.
Heißt, nicht mit jedem reden und nicht jeder Sau trau'n
Wir brauchen halt 'ne kleine Weile, bis wir auftau'n.
Tja, man glaubt's kaum, aber dann sind wir echt kuschelig.
Hamburg ist ein derber Beat und schön und schmuddelig.
Und der Hafen, der ist das Herz, die Bassline
Fuck Internet, wir war'n schon immer mit der Welt eins.

Absolute Beginner, City Blues

Liebe in Zeiten
der drückenden Hitze

Das ist ja das Besondere am Hamburger Sommer: Die Nacht fällt so gut wie aus. Bis auf ein paar Stunden zwischen Mitternacht und vier Uhr morgens wird es gar nicht richtig dunkel, das ist von Mai bis August einfach Standard, da kann man sich drauf verlassen.

Und dann gibt es auch noch Abende wie diesen. Die sind so schön und so warm, dass man echt auf der Hut sein muss. Man könnte Sankt Pauli sonst nämlich mit einer Stadt im Süden verwechseln, vielleicht sogar mit einer Stadt am Meer, und dann ist die Heulerei groß, wenn es vielleicht schon morgen Abend wieder regnet und die Stadt wieder zurück im Norden ist. Ein Abend wie dieser legt sich einem wie warme Milch um den Körper, lauschig und weich, immer noch aufgeheizt, und ohne jeden Anflug von Wind oder Nieselregen, ohne das, was das Wetter hier sonst manchmal so anstrengend macht. Dafür gibt es eine gewaltige Kelle Leuchtfarbe am Horizont. Orangerotrosa auf taubigem Blau. Eine Spektakelfarbe.

Es ist so gegen halb zehn. Nachdem ich beim Faller war, bin ich noch mal zurück in die Staatsanwaltschaft, mir die Opferaussagen für meinen Prozess ins Hirn prügeln. Ich will sie bis Montag auswendig können, sie jederzeit abrufbar in meinem Inneren tragen. Ich will, dass sie mehr werden als nur Sätze. Ich brauche sie als ein Gefühl. So halte ich die Wut am Kochen, das ist gut. Wegen der Leichenteile lasse ich die beiden Jungs erst mal machen. Die flöhen jetzt ihre Vermisstendateien. Wir treffen uns dann morgen früh im Präsidium. Man muss ja auch delegieren können.
Auf Sankt Pauli riecht es nach Seeluft und Grillkohle, nach kühlem Bier, warmer Elbe und dunklen Ecken. Es ist ja so, dass es hier im Viertel nicht besonders viele Gärten gibt, also wird die Straße zum Garten, und da sitzen sie dann an Abenden wie heute, die Sankt-Paulianer, und schwitzen und feiern den Sommer und die Tatsache, dass sie auf der Welt sind, und zwar genau hier. Manche sitzen offiziell vor den Kneipen auf ordentlichen Sitzmöbeln und mit Konzession. Die meisten sitzen aber inoffiziell vor den Kneipen, auf ein paar rausgetragenen Sesseln ohne Konzession. Oder einfach so auf dem Asphalt, vor den Bars und den Häusern, und da wird dann eben gegrillt und getrunken und gesabbelt. Dazu passt auch irgendwie, dass die Elbe bei solchen Temperaturen immer kurz vorm Umkippen ist. Der süßliche Geruch macht alles noch einen Tick schwüler und südländischer. Und dann die Ecken und die Torbögen. Da bin *ich* dann immer kurz vorm Umkippen,

so schlimm stinkt das. Ich glaube, an diesem Geruch würde sich nicht mal dann was ändern, wenn man auf dem Kiez alle fünf Meter Toiletten aufstellen würde, in denen Gold verschenkt wird, falls sie benutzt werden. Wobei sich natürlich keiner, der hier wohnt, einfach an eine Ecke oder in einen Hauseingang stellt und da hinpisst. Das machen nur die Leute aus den anderen Vierteln und die Touristen. Irgendwann fahre ich mal mit einer besoffenen Fußballmannschaft nach Eppendorf und Eimsbüttel und Winterhude und auch noch in die ganzen Vorstädte, und dann pinkeln wir da so viele Türen an, wie wir schaffen.
Aber was soll's. Vergessen wir's. Der Kiez riecht nun mal so. Riecht vielleicht nicht fein, aber immerhin nach zu Hause.
Ich kaufe mir im Kiosk noch ein paar Zigaretten und ein Bier. Vom Kiosk aus kann ich meinen Balkon sehen, das vermüllte Ding daneben ist der Balkon von Klatsche. Meiner macht jetzt auch nicht wahnsinnig viel her mit seiner verschlissenen Piratenflagge, einem vernachlässigten Weinstock und einem wackeligen alten Stuhl. Aber Klatsches Balkon ist eine echte Katastrophe. Der sieht fast noch trauriger aus als sein armer alter Volvo, und der hat das schon nicht leicht. Allerdings muss der Volvo nur einfachen Hausmüll transportieren. Der Balkon bleibt auf dem Sperrmüll sitzen. Zweieinhalb Fahrräder, eine Schaufensterpuppe ohne Kopf, fünf Bierkisten, ein fettiger Grill vom Sommer 2003, ein Fernseher ohne Bildröhre. Vor zwei Monaten, an einem der ersten schönen Abende im Mai, wollte Klatsche mich auf seinen

Balkon einladen. Ich hab mich sofort gefragt, wie das gehen soll. Ihm ist dann im letzten Moment plötzlich auch aufgefallen, dass das vielleicht ein bisschen schwierig werden könnte. Als er mit einer Flasche Wein in der Hand die Balkontür aufmachen wollte, sie aber leider nicht aufgekriegt hat wegen dem ganzen Gerümpel.
»Oh«, hat er gesagt, »da hab ich jetzt gar nicht mehr drangedacht.«
Ich hab nichts gesagt und ihn auf meinen Balkon bugsiert, und da saßen wir dann, bis der Morgen um die Ecke geschlichen kam. Wir machen das ja selten, solche Pärchengeschichten wie irgendwo rumsitzen und in die Nacht starren. Aber wir sind ja auch kein Pärchen. Wir sind zwei Leute, die immer wieder aneinander kleben bleiben. Freunde, Nachteulen, Verbündete. Und ab und zu kriegt uns die Romantik zu fassen. Aber dann wächst sie uns auch schnell wieder über den Kopf, und wir wissen gar nicht mehr, was wir damit anfangen sollen, und dann kippt das fast zwangsläufig um und schmeckt schal, und wir stehen dumm in der Gegend rum, wenn wir uns treffen. Meistens machen wir dann eine Kneipentour und besiegeln unsere Freundschaft neu und stolpern für ein paar Wochen nicht beim anderen ins Bett. Klatsche stolpert in solchen Zeiten gern auch mal in andere Betten, er sagt, das sei ein Versehen und nicht so gemeint. Dass er es nicht so meint, glaube ich ihm sogar, dass es sich um ein Versehen handelt, nicht. Aber ich denke mir oft, dass der Junge eben auch ein Junge ist, mit gerade mal Mitte zwanzig und Testosteron bis

zum Hals, und deshalb versuche ich, es nicht zu persönlich zu nehmen.

Ich schließe die Haustür auf, gehe die Treppen hoch in den dritten Stock, und statt gleich meine Tür aufzuschließen, klopfe ich erst mal an die von Klatsche. Es dauert ein bisschen, dann höre ich ein Schlurfen, dann ein Gähnen, dann geht die Tür auf. Klatsche trägt eine zu große hellblaue Boxershorts und ein zu kleines dunkelgrünes T-Shirt, das um den Kragen herum ziemlich abgewohnt aussieht. Seine Haare stehen in alle Richtungen ab, die Kippe in seiner Hand muss schon vor einer Weile ausgegangen sein. Er sieht aus wie ein Räuber.
»Hey, Frau Staatsanwältin«, sagt er.
»Hey«, sage ich. »Was machst du?«
»Ich liege vorm offenen Kühlschrank«, sagt er.
»Kann ich mitmachen?«, frage ich.
»Klar«, sagt er, »ich werde doch mein Mädchen nicht in dieser Hitze krepieren lassen.«
Er zieht mich durch die Tür und gibt mir einen Kuss auf den Scheitel.
»Ich bin nicht dein Mädchen«, sage ich.
»Ich weiß, Baby, ich weiß.«

Im Haus der tausend Eier

Der Brückner und der Schulle sehen aus, als kämen sie gerade vom Spielplatz. Der Brückner trägt ein dünnes T-Shirt, der Schulle sein abgewetztes FC-Liverpool-Trikot, die Haare tragen beide ungekämmt und irgendwie aus der Stirn gestrichen, beim Brückner mehr nach hinten, beim Schulle mehr nach oben, und in ihren Gesichtern scheint die helle, norddeutsche Sonne. Sie sehen aus, als hätten sie Ferien auf Saltkrokan gemacht. Ich hab die beiden inzwischen richtig gern. So wie ich früher in der Schule die Jungs aus der letzten Reihe gern hatte, die zwar nur Mist im Kopf hatten, aber trotzdem hochanständige, ehrliche Typen waren. Die im Zweifel immer auf die Großen losgegangen sind und nie auf die Kleinen.
»Moin, Chef«, sagt der Schulle und hebt die Hand, der Brückner grinst und bohrt in der Nase, merkt das aber wahrscheinlich gar nicht.
Ich frage mich oft, was die Vögel eigentlich machen würden, wenn sie Uniform tragen müssten.
»Moin, die Herren«, sage ich. »Wie laufen die Geschäfte?«

»Sauber«, sagt der Brückner. »Wir wissen, wen wir gestern aus dem Wasser gezogen haben.«
»Oh«, sage ich, »das ging aber zackig. Wen denn?«
»Dejan Pantelic«, sagt er. »Einunddreißig Jahre alt, Gelegenheitsjobber. Kam Mitte der Neunziger aus dem ehemaligen Jugoslawien nach Hamburg. Hat keine Familie hier. Seine Freundin hat ihn Montag dieser Woche als vermisst gemeldet.«
An der Wand hinter seinem Schreibtisch hängen die Fotografien, die in der Pathologie von dem Kopf aus der Billwerder Bucht gemacht wurden. Daneben klebt ein leicht angegammeltes Bild von einem Typen in Shorts und Hawaiihemd. Der Typ steht neben einer Palme, hat einen Cocktail in der Hand und sieht eigentlich ganz gut aus. Zumindest hat er einen Ausdruck im Gesicht, als fände er selbst, dass er gut aussieht. So was vermischt sich ja manchmal. Ich kann beim besten Willen keine große Ähnlichkeit zwischen dem und unserem Kopf erkennen.
»Ein und derselbe Typ?«, frage ich. »Sind Sie sicher?«
»Der ist nur ein bisschen aufgequollen«, sagt der Brückner. »Seine Madame hat ihn heute morgen zweifelsfrei identifiziert.«
»Oh«, sage ich, »das war unschön, oder?«
»Hat der Schulle gemacht«, sagt er.
»Oh«, sage ich noch mal, und der Schulle sagt:
»Muss ich durch. Das wird schon. War meine erste Wasserleiche. Und das nicht mal in einem Stück.«
Der Brückner gähnt und bohrt schon wieder in der Nase. Irgendwas ist da.

»Die wievielte war es denn bei Ihnen?«, frage ich ihn.
»Keine Ahnung«, sagt er, und er klingt ziemlich nasal. »Ich war während der Ausbildung bei den Langzeitvermissten. Da haben wir andauernd Leute aus dem Wasser gezogen. War quasi Standard. Mein Gott, wie die alle aussahen. Da war das gestern Pipifax gegen, echt.«
Ach so.
»Was wissen wir noch über diesen, wie war noch mal der Name?«, frage ich.
»Pantelic«, sagt er. »Er wurde am vergangenen Freitag zum letzten Mal gesehen, in der Nacht zum Samstag, auf dem Kiez. Er war mit zwei Kumpels im Silbersack, und die meinen, dass er sich so gegen zwei auf den Weg nach Hause gemacht hätte. So haben sie das zumindest seiner Freundin erzählt. Wir haben uns die beiden Kumpels aber noch nicht zur Brust genommen. Mach ich dann gleich.«
»Okay«, sage ich. »Was haben wir sonst?«
»Die Taucher haben nichts gefunden«, sagt der Schulle und packt ein paar Sachen zusammen. »Die Elbe ist wegen der Hitze im Moment undurchsichtig wie ein alter Lude. Die Spurensicherung hat auf dem Grünstreifen vor dem Fundort zwar jede Menge Kippen und Haare und Reifenspuren sichergestellt, aber das wird uns nicht groß weiterhelfen. Die ganze Billwerder Bucht ist am Wochenende so 'ne Art Ausflugsecke für Szenepärchen.«
Schade. Also doch nix mit öfter mal nach Rothenburgsort fahren. Wo Szenepärchen sind, will ich nicht sein.

»Dann knöpfen Sie beide sich jetzt die Kumpels von unserem Toten vor?«
»Macht der Brückner alleine«, sagt der Schulle, »ich will gleich noch im Haus der tausend Eier vorbeischauen.«
Natürlich. Selbstverständlich. Hab ich noch gar nicht dran gedacht.
»Kann ich mitkommen?«, frage ich.
»Klar«, sagt der Schulle.
Ich bin ein großer Fan vom Tausend-Eier-Haus. Das Hochhaus in Rothenburgsort ist erste Anlaufstelle für Ex-Knackis. Da wohnen alle, die gerade aus dem Bau raus sind, und die wohnen da gerne mal zu fünft oder zu sechst in einer winzigen Bude. Das Haus der tausend Eier ist eine Art Dampfkochtopf für Verbrecher, da gibt's jede Menge Hoffnungslosigkeit, Frustration und eben dicke Eier, denn da wohnen ja ausschließlich Männer, und ab und zu fliegt das Ding dann natürlich auch mal in die Luft.
Es macht absolut Sinn, sich da umzuhören, wenn in der gleichen Gegend zerhackte Menschen gefunden werden.
Der Brückner drückt den Zeigefinger gegen seinen linken Nasenflügel und schnieft so laut, dass da jetzt einfach mal jemand drauf reagieren muss.
»Ist was mit Ihrer Nase?«, frage ich.
»Alte Kriegsverletzung«, sagt er. »Das war diese eine Nacht vor zehn Jahren, da hab ich statt der einen Linie Koks zwei genommen, und immer, wenn's so heiß ist, bricht das irgendwie auf.«
Äh. Ja.

»Das war doch nicht nur die eine Nacht«, sagt der Schulle. »Du Pfeifenkopf warst immer so gierig.«
»Papperlapapp«, sagt der Brückner, zeigt dem Schulle den Stinkefinger und kuckt irgendwas in seinem Computer nach.
Ich sag's doch. Die Jungs aus der letzten Reihe.

*

Auf den ersten Blick sieht es aus wie ein ganz normales Hochhaus in einem ganz normalen sozialen Brennpunkt. Im ersten Stock sind ein paar Scheiben eingeschmissen, die Tür ist kaputt, die Briefkästen sind zerbombt, und irgendwo tief unter vielen Schichten aus Graffiti verstecken sich an die hundert Namensschilder aus den Siebzigern. Aber schon im Treppenhaus wird's ein bisschen härter als anderswo, da sitzt eine zottelige Fünfergruppe im Kreis und trinkt Schnaps. Sie beachten uns nicht. Der rechte Aufzug ist kaputt, in dem linken Aufzug liegt ein Schlafsack in der Ecke, ich schätze, der war mal grün oder blau. Auf dem Schlafsack wartet eine geöffnete Dose Ravioli, daneben eine Palette Hansa-Pils. Insgesamt riecht es sehr stark nach Alkohol.
Der Schulle drückt auf den Knopf mit der neun.
»Wen besuchen wir?«, frage ich.
»Opa Terim«, sagt er, »der wohnt hier seit Jahrzehnten und kann Ihnen sogar sagen, wenn zwei Küchenschaben geheiratet haben. Ohne den läuft hier gar nix. Außerdem ist er so alt, dem kann keiner mehr was.«

»Heißt das, er redet mit uns?«
»Wenn er Bock hat«, sagt der Schulle. »Und es schadet sicher nicht, dass wir ein Gastgeschenk dabeihaben.«
»Haben wir?«, frage ich.
Er zieht ein Tütchen mit allerfeinstem Gras aus der Hosentasche und hält es mir unter die Nase. Ts.
»Beschlagnahmter Stoff vom Drogendezernat«, sagt er, »ich hab da einen Freund, der …«
So genau will ich das gar nicht wissen.
»So genau wollte ich das gar nicht wissen«, sage ich.
Die Fahrstuhltür geht auf. Das Hochhaus ist in U-Form angelegt, auf jedem Stockwerk gibt es eine Art Betonlaubengang, und von da gehen die einzelnen Wohnungen ab oder, besser: die Mehrbettzellen. Mindestens zehn auf jedem Stockwerk. Der Schulle marschiert durch bis links hinten. Aus der Tür ist der Griff rausgebrochen. Überm Türrahmen hängt ein offensichtlich uraltes Bob-Marley-Plakat. Kommissar Schulle klopft. Tock. Tock. Tock, tock, tock. Zweimal lang, dreimal kurz. Der verblüfft mich heute.
»Sie sind ein ausgebuffter Halunke«, sage ich.
Er grinst mich an, und von drinnen ruft jemand:
»Merhaba!«
»Merhaba«, sagt der Schulle und gibt der Tür einen leichten Schubs mit dem Fuß, so dass sie vorsichtig aufschwingt.
Hinter der Tür liegt eine Kifferhöhle, die früher mal ein Eineinhalb-Zimmer-Apartment gewesen sein muss. Die Fenster sind mit finsteren Batiktüchern zugehängt, die Wände mit einer dicken Schicht Gilb

überzogen, und in der Glotze läuft so eine Art Kickbox-TV. Das vordere Zimmer, das halbe von den eineinhalb und wahrscheinlich formerly known as Küche, steht voller Müll. Im hinteren Zimmer, vor einem zugehängten Fenster, steht eine verwarzte Couch. Der Typ auf der Couch muss Opa Terim sein. Opa Terim hat keine Beine mehr. Die Stümpfe seiner Oberschenkel sind mit irgendwas Grün-schwarz-Gelbem umwickelt, ich tippe auf Jamaika-Flaggen. Opa Terim wäre schon mit Beinen vermutlich nicht besonders groß, ohne Beine ist er winzig. Ein altes, winziges Häufchen von beinlosem Gangster. Sein grauer Bart ist enorm fusselig, auf dem Kopf trägt er eine speckige schwarze Lederkappe, im Gesicht eine viel zu große Pilotensonnenbrille. Bei dem schummrigen Licht, das in seiner Bude herrscht, kann er unmöglich noch irgendwas sehen.
Er lächelt uns freundlich an.
Der Schulle lehnt sich an die Wand rechts neben der Couch, und ich mache es ihm nach. Opa Terim dreht den Kopf in unsere Richtung. Ich bin mir immer noch nicht sicher, ob er uns wirklich sehen kann.
»Na?«
Seine Stimme klingt wie ganz feines Sandpapier. Dünn, aber kratzig.
»Wir haben was mitgebracht«, sagt der Schulle. Er gibt ihm das Tütchen mit Gras.
»Danke«, kratzt er, »danke, danke …«
Er nickt ungefähr zwanzigmal mit dem Kopf und fängt auf der Stelle an, eine Tüte zu bauen.
»Was wollt ihr zwei?«

»Ist hier in letzter Zeit zufällig mal einer ausgerastet?«, fragt der Brückner.
»Hier rastet täglich einer aus. Die spinnen doch alle«, sagt Opa Terim und verteilt eine königliche Portion Gras auf seinem Tabak.
Der Schulle sagt nichts und überprüft demonstrativ, ob sein Pistolengurt richtig sitzt. Ich versuche, nicht zu sehr auf Opa Terims Beinstümpfe zu starren. Ich kann mir nicht helfen, irgendwie macht mich das immer wahnsinnig, wenn jemandem was amputiert wurde.
Der Joint ist fertig, und der alte Mann fängt an zu rauchen. Das Ding ist so dick, dass mir allein vom Zuschauen die Sicherungen durchglimmen. Der Schulle und ich atmen vorsichtig vor uns hin, und weil mein Kollege von der Kripo weiterhin die Schnauze hält, mache ich das auch, denn er ist hier der Chef, eindeutig.
»Nee, echt«, sagt Opa Terim, nimmt einen tiefen Zug und lehnt sich nach hinten. Seine Beinstümpfe kippeln ein bisschen nach oben. Er atmet aus.
»Hier ist alles wie immer.«
»Neue Nachbarn vielleicht?«, fragt der Schulle.
Opa Terim breitet die Arme aus und legt sie auf der Sofalehne ab. Von seiner Tüte fällt ein bisschen Asche ab und brennt ein Loch ins Sofa.
»Mhm«, sagt er, »'ne gute Handvoll. Kommen doch jede Woche neue geprügelte Seelen aus dem Knast.«
Der Schulle zieht die Augenbrauen hoch.
»Alles kleine Fische«, sagt Opa Terim. »Arme Teufel.«

Er zieht an seiner Tüte. Wieder fällt Asche ab, diesmal landet sie auf seinem rechten Beinstumpf. Es scheint ihn nicht zu stören.
»Die sind nicht euer Kaliber, mein Freund«, sagt er. »Ihr sucht doch immer nach ganz anderen Leuten.«
Er lässt den Rauch wieder raus und verschränkt die Arme hinterm Kopf. Auf seiner Lederkappe tanzt ein bisschen Glut.
»Das hier ist gerade ein sehr friedlicher Ort«, sagt er. »Vielleicht der friedlichste in diesem ganzen verpissten Stadtteil.«
Ich könnte mir vorstellen, dass er sogar recht hat damit. Mir kam es auf der Fahrt hierher schon so vor, als würden die Leute immer ärmer und auch immer aggressiver. Es tut weh, das zu sehen. Die gesellschaftlichen Wunden. Dem reichen Hamburg geht's von Jahr zu Jahr besser, da wird rund um die Uhr Schampus getrunken. Dem armen Hamburg geht's von Tag zu Tag dreckiger. Da wird rund um die Uhr verzweifelt. Mein Zuhause ist im Grunde ein soziales Desaster. Es gibt da zum Beispiel eine S-Bahn-Strecke, die lässt mich regelmäßig kotzen. Man steigt am Jungfernstieg ein, an der Alster, da weiß Hamburg gar nicht, wohin mit seinem Scheißluxus. Und drei Stationen weiter, auf der Veddel, da gibt's Kinder, die haben Ringe unter den Augen, und sie ernähren sich von altem Toastbrot, und ihre Eltern versaufen die Stütze. Und den Senat interessiert das alles offensichtlich einen feuchten Kehricht, zumindest ändert sich da seit Jahren nichts, in der Stadt mit den meisten Millionären Deutschlands.

»Und du bist sicher, dass wir hier heute falsch sind?«, fragt der Schulle.
»Du weißt« sagt Opa Terim, »ich würd's dir sagen, wenn's anders wäre.«
»Ich weiß«, sagt der Schulle.
Er sieht mich an.
»Los, hauen wir ab«, sagt er.
»Das war's?«, frage ich.
»Ja. Wenn der Opi hier sagt, da ist nichts, dann ist da nichts.«
Mein Gefühl sagt, dass der Schulle recht hat. Die Leiche in der Elbe und die Leichen in diesem Haus hier haben absolut nichts gemeinsam.
Mein Telefon klingelt. Klatsche ist dran.
»Wo bist du?«, fragt er.
»Im Haus der tausend Eier«, sage ich mit wichtiger Stimme. Ich tue so als wäre ich Kojak. Klatsche weiß solche Gags zu schätzen, und ich will ihm eine Freude machen.
Aber er lacht nicht.
»Du musst nach Hause kommen«, sagt er. Seine Stimme klingt, als würde er in einem dunklen, feuchten Keller sitzen und Steine essen.
Mir wird ein bisschen schwindelig, ich halte mich kurz am Schulle fest.
»Was ist passiert?«, frage ich.
»Weiß ich nicht genau«, sagt er. »Aber es ist was mit Carla.«

Doppelpack

»Sie will mir nicht erzählen, was passiert ist«, sagt Klatsche, als er mir die Tür aufmacht. »Und ich darf sie nicht anfassen. Sie klebte vorhin völlig verwüstet auf der Treppe vor unserer Haustür. Ich hab's kaum geschafft, sie da wegzukratzen.«
Er reibt sich seine Bartstoppeln, er sieht ziemlich derangiert aus.
»So schlimm?«, frage ich.
»Ich glaub schon.«
Ich gebe ihm einen schnellen Kuss auf die Wange und schiebe ihn zur Seite.
»Wo ist sie?«
»Wohnzimmer«, sagt er.
Ich gehe ins Wohnzimmer und kriege einen Schreck.
Es gibt Augenblicke, die verdienen mehr Nikotin, als ein Mensch vertragen kann. Die gehören verdunkelt und mit Nervengift zugeballert, für immer im Nebel versenkt. Ich zünde mir eine Zigarette an, meine Hände zittern.
Meine beste Freundin Carla, meine Gefährtin, meine Mutter und meine Tochter zugleich, meine gottver-

dammte Familie, sitzt in Klatsches Wohnzimmer, zusammengekauert in einer Ecke. Sie hat die Knie angezogen und hält ihre Beine fest umklammert, ihr Gesicht ist in ihrem Busen vergraben, und über all dem liegen ihre dunklen Locken, glanzlos, als wären sie eine alte Decke. Sie wippt vor und zurück, vor und zurück, vor und zurück. Auf ihren Armen und Beinen sind jede Menge Staub und Schrammen und blaue Flecken verteilt. Sie sieht aus, als wäre sie einmal über die Reeperbahn geschleift worden. Ich ziehe an meiner Zigarette, so sehr ich kann, am liebsten würde ich den Mount Everest inhalieren. Ich knie mich vor Carla hin und lege meine Hände auf ihre Schultern. Sie zuckt zusammen.
»Ich bin's«, sage ich leise, »ich bin's, mein Herz.«
Sie wippt weiter.
Ich will ihr Gesicht sehen.
»Carla«, sage ich, »schau mich mal an.«
Sie wippt. Vor, zurück, vor, zurück.
»Carla? Hörst du mich?«
Wippen.
Ich fasse sie ein bisschen fester an. Fehler. Sie schlägt meine Hände weg und versetzt mir einen Tritt. Ich fliege nach hinten und knalle mit dem Rücken auf den Holzboden. Bei dem Versuch, meine Zigarette festzuhalten, verbrenne ich mir die Hand.
Carla hebt den Kopf und sieht mich an.
Ihr linkes Auge ist fast komplett zugeschwollen, ihre Lippen sind aufgeplatzt, und unter ihrer Nase klebt ein bisschen getrocknetes Blut.
Ich sammle mich vom Fußboden auf, schmeiße die

Kippe aus dem Fenster und setze mich wieder zu Carla. Ich versuche ihre Hände zu nehmen. Das geht. Ich lasse eine Hand auf ihren Händen, mit der anderen fange ich ganz vorsichtig an, ihr übers Haar zu streichen. Sie sieht mich immer noch an. Sie hat aufgehört zu wippen.
»Carla«, flüstere ich. »Was ist passiert?«
Aus ihrem intakten Auge beginnen die Tränen zu laufen. »War das ein Mann?«
Sie schüttelt den Kopf und vergräbt ihn wieder. Dann sagt sie irgendwas.
»Was?«, flüstere ich. »Sag das noch mal, Liebes.«
Und dann verstehe ich.
Zwei, hat sie gesagt. Es waren zwei Männer.

Das kommt nie wieder

Ich hatte immer Angst davor, dass so was eines Tages passieren würde. Ich hatte immer die Befürchtung, dass Carla zu leichtfüßig ist, zu offen, zu unbekümmert, zu schön. Dass das gefährlich werden könnte. Aber dass ihr tatsächlich mal jemand was antun würde, das konnte ich mir dann doch nicht vorstellen. Ich hatte die Illusion, dass ich sie beschützen kann. Ich dachte, Carla geschieht nichts, weil es mich gibt. Hab ich mir so zurechtgelegt, ich Idiotin. Carla ist meine Freundin, die einzige, die ich habe, sie gehört zu dem wenigen Wertvollen in meinem Leben. Die Idee, dass ihr einer weh tun könnte, konnte ich einfach nicht zu Ende denken.
Ich hab nicht gut genug auf sie aufgepasst.
Also konnten mir nichts, dir nichts diese beiden Arschlöcher kommen und sie nach Herzenslust vergewaltigen, fast eine ganze Nacht lang, unten im Keller, in ihrem eigenen Laden.
Jetzt schläft sie. Es ist Mittwochabend, acht Uhr, und Carla schläft seit knapp sechs Stunden. Sie liegt auf meinem Sofa, ich sitze daneben und halte ihre Hand.

In vier Stunden ist Mitternacht. Genau jetzt vor vierundzwanzig Stunden hat Carla ihr Café von innen zugeschlossen und nicht mitgekriegt, dass zwei Typen es kaum erwarten konnten, ihre dreckigen Hände an eine Frau zu legen.
Bescheuerte Zahlenspiele haben mir schon als Kind geholfen, wenn es besonders schlimm war. Erst mal was durchzählen. Je mehr Zahlen, desto weniger Gefühl. In den ersten Monaten nach dem Abend, an dem mein Vater sich eine Kugel in den Kopf gejagt hat, habe ich ganze Nächte an irgendeinem Scheiß rumgerechnet.
Was genau gestern Nacht passiert ist, weiß ich noch nicht. Ich hoffe, ich kriege Carla schnell dazu, eine Aussage zu machen. Die Kollegen vom Dezernat für Sexualdelikte hab ich schon informiert, die werden sich erst mal den Keller vornehmen. Aber ohne Carlas Aussage können die nicht richtig anfangen zu arbeiten.
Ich stehe auf, ziehe die Vorhänge zur Seite und lasse den Abend rein. Es hat locker noch zwanzig Grad. Draußen schlurfen und klackern Legionen von Flip-Flops und Holzpantoffeln übers Kopfsteinpflaster, ungefähr alle zehn Sekunden wird eine Bierflasche geöffnet, und die Vögel singen sich ihr kleines Gehirn aus dem Kopf. Ein paar Fenster weiter dudelt ein ganz alter Song. Alles ist noch genauso schön wie immer, weich und bunt und schmuddelig, und doch ist es nichts mehr wert.
Es ist nur noch ein Haufen Scheiße.

Wasser marsch

Ich stehe am offenen Wohnzimmerfenster, trinke Kaffee und schau mir den Morgen an. Es ist kurz nach sechs. Der Himmel ist von einem sehr hellen Blau, und die wackeligen alten Antennen auf den Häusern gegenüber recken sich ihm wie dünne Ärmchen entgegen. Die Sonne ist schon da, setzt einen leisen Schimmer auf die Dächer. Sie braucht noch eine Viertelstunde, bis sie kracht, dann aber richtig und durch bis zum Abend. Ich hole tief Luft und merke nichts. Normalerweise zischt die norddeutsche Luft morgens ein bisschen im Hals, weil sie immer einen Tick kühler ist, als man erwartet. Aber heute Morgen geht das so weich rein, das ist ein Lüftchen aus Seide.
Ich weiß gar nicht mehr, wie lange ich darauf gewartet habe. Endlich nicht mehr frieren. Dieses blöde Gezitter immer. Und jetzt ist es so weit, jetzt ist endlich Sommer, und ich bin doch wieder am Zittern. Kommt diesmal aber von innen.
Carla liegt auf dem Sofa und schläft. Seit über sechzehn Stunden. Wobei: Die Wasserflasche, die ich ihr

hingestellt habe, ist leer. Wenn ich Carla so ansehe, bricht es mir das Herz. Ich würde mich gerne zu ihr aufs Sofa quetschen. Oder mich zumindest rund um die Uhr an ihre Seite setzen.
Klatsche sagt, ich soll sie in Ruhe lassen.
»Lass sie einfach schlafen«, hat er gesagt, »Carla ist ein schlaues Tier, die hat gute Instinkte. Die weiß immer selbst am besten, was sie braucht.«
Ich gehe zu ihr rüber, streiche ihr vorsichtig übers Haar, gehe wieder ins Schlafzimmer und krieche noch mal zu Klatsche ins Bett, mein Herz aufwärmen. Er knurrt ein bisschen, wälzt sich zu mir rüber und deckt mich fast zu mit seinem Oberkörper. Ich sehe ihn an. Den ehemaligen Einbrecherkönig. Den Mann mit dem besten Schlüsseldienst der Stadt. Den Jungen, der irgendwie immer noch den lieben langen Tag über den Kiez zieht, so wie er's früher gemacht hat. Er dreht zwar keine Dinger mehr, er lebt nicht mehr in der Unterwelt, aber so richtig verlassen hat er sie auch nie. Vielleicht hänge ich deshalb so an ihm. Er ist mein Draht zu einer Welt, die mich anzieht wie den Teufel das Fegefeuer, aber ich darf diese Welt niemals wirklich betreten. Ich bin nicht die Einzige, die den Verdacht hat, dass ich dann die Seiten wechseln würde. Der Faller hat das schon immer gesagt. Dass ich eigentlich ein Gauner bin, ein Ganovengehirn. Manchmal denke ich, dass das passiert, wenn man zu früh keine Eltern mehr hat. So was kann auch mal schiefgehen.
Klatsches struppige dunkelblonde Haare, seine kräftige Stirn, die hohen Wangenknochen, die gefährlich

geschwungenen Lippen, die Sommersprossen auf der Nase. Um seine Augen herum knistern ein paar Fältchen. Zu viel in die Sonne gekuckt. Ich drücke mich fester an ihn.

*

Als ich heute Morgen aus dem Haus gegangen bin, hat sie immer noch geschlafen.
»Sie schläft seit fast zwanzig Stunden«, hat Klatsche gesagt.
»Seit genau neunzehn Stunden und fünfzehn Minuten.«
»Was?«
»Nichts.«
Klatsche weiß nichts von meinem Zahlendings. Es ist mir peinlich.
Ich sitze in der Staatsanwaltschaft und blättere in den Akten zum Menschenhändler-Prozess. Das müsste leicht werden, die Herrschaften rundherum einzuseifen. Da hat der Calabretta richtig gute Arbeit geleistet, alles wasserdicht. Ich bin ja mal gespannt, worauf die Anwälte von den Typen die Verteidigung aufbauen wollen. Wenn ich mir das hier so anschaue, kann man eigentlich nur nicken und sagen: Alles klar, wir nehmen fünf Jahre im Bau, danke schön, tschüs.
Ich mache mir ein paar Notizen an den Rand, stelle meinen Tischventilator näher an mein Gesicht und denke darüber nach, ob ich mal bei den Kollegen vom Dezernat für Sexualdelikte nachhaken soll. Ich weiß, dass die ohne Carlas Aussage nicht viel machen kön-

nen, aber immerhin müssten sie inzwischen ihren Keller geflöht haben. Vielleicht hat sich da ja schon was gefunden, womit man was anfangen kann.

Ich überlege, was der Faller tun würde. Der Faller würde da nicht anrufen. Profis nicht bei der Arbeit stören, sagt er immer. Er hat natürlich recht. Was soll ich da anrufen.

Ich zünde mir eine Zigarette an. Sie schmeckt irgendwie bitter.

*

Es ist so gegen vier, als sich in meinem Kopf die Aussagen und Ermittlungsdetails zu einer klumpigen Masse verkleben. So kann man einfach nicht arbeiten. Die Kollegen sind auch schon alle weg, keine Sau mehr da. Ich klappe die Akten zu, schließe sie ein und mache mich auf den Weg zum Faller. Mir ist nach altem, frustriertem Ex-Kommissar.

Als ich in der Speicherstadt ankomme, setzt sich die Hitze wie ein Helm auf meinen Kopf, die mächtigen Rotklinkerspeicher haben die engen Gassen und Fleete in einen gigantischen Backofen verwandelt, und meine Stiefel kleben an den Teerfugen zwischen den Pflastersteinen fest. Es weht kein Lüftchen. Ein Hammer für diese Stadt. So was gibt's hier eigentlich gar nicht. In der Speicherstadt ist es *immer* kühl. Dafür ist sie verdammt noch mal gebaut worden. Im Radio haben sie vorhin irgendwann gesagt, dass es am Nachmittag einen neuen Temperaturrekord geben wird, 36 Grad, glaube ich, ich weiß es nicht mehr ge-

nau. Ich würde sagen, wir kratzen an der Vierzig-Grad-Grenze.
Es ist kein Mensch unterwegs. Hansestadt Hamburg, jetzt auch als Italo-Western. Ich rufe bei Klatsche an.
»Carla war eben für zwei Minuten wach«, sagt er. »Hat eine Flasche Wasser getrunken. Jetzt pennt sie wieder.«
Ich bleibe stehen, zünde mir eine Zigarette an und klebe sofort fest.
»Hat sie was gesagt?«
»Internationale Härte«, sagt er.
»Was?«
»Sie hat *internationale Härte* gesagt.«
»Sonst nichts?«, frage ich.
»Sonst nichts«, sagt er. »Und dann hat sie sich umgedreht und ist sofort wieder eingeschlafen.«
»Danke, dass du auf sie aufpasst«, sage ich.
»Klar«, sagt er. »Wo bist du?«
»Auf dem Weg zum Faller«, sage ich.
»Gut so«, sagt Klatsche. »Grüß schön.«
Ich schmeiße meine Kippe weg. Ich hätte nie gedacht, dass ich das mal sagen würde, aber es ist einfach zu heiß zum Rauchen.

*

Der Faller ist nicht alleine. Da steht ein junger Mann in Uniform vor ihm. Sie reden miteinander. Der Mann ist vom Ordnungsamt. Ich bin mir nicht sicher, aber ich glaube, mein alter Kollege hat keinen Angelschein. Guck mal einer an. Der Faller ist beim Wildern erwischt worden. Ich kann schon von weitem sehen, dass beide Herren ordentlich schwitzen, der junge wie der alte.

Der Faller sieht mich kommen und hebt dankend die Hände zum Himmel.

»Chas, sagen Sie ihm doch bitte, dass ich keinen Angelschein brauche.«

»Herr Faller braucht keinen Angelschein«, sage ich, auch wenn ich keinen Schimmer habe, warum das so sein könnte.

»Aha«, sagt der Mann vom Ordnungsamt und wippt einmal auf die Zehenspitzen und zurück. Er hat keine schöne Stimme. Seine Stimme hat keinen Klang. Die ist merkwürdig dünn. Er klingt wie ein kleiner Nazi-Scherge in einem billigen Hollywoodfilm. »Und warum nicht, wenn ich fragen darf? Weil der Herr Faller in Wirklichkeit vielleicht Zorro ist?«

»Zorro ist er nicht«, sage ich. Auch wenn mich langsam der Verdacht anspringt, dass der Faller sich für irgendwas in der Art hält.

Der Mann in Uniform wird ungeduldig.

»Ja, was denn nun?!«

»Ich bin Polizeibeamter im Ruhestand«, sagt der Faller.

»JA UND?!«

Das war laut.

»Ja«, sagt der Faller, »und als Polizeibeamter im Ruhestand brauche ich keinen Angelschein.«

Ich finde, er klingt ein bisschen gönnerhaft.

»WO STEHT DAS DENN?!«

Das war sehr laut.

»Nirgends«, sagt der Faller. »Das is' einfach so.«
»Ha«, sagt der Ordnungsamtmann, »wusste ich's doch.«
Das hat gezischt.
Die beiden stehen sich gegenüber, in der Gluthitze vorm Kaispeicher. Der eine in weißem Hemd und Strohhut, der andere in dunkelblauem Hemd und Uniformmütze, auf beiden Hemden zeichnen sich große nasse Flecken ab. Ich stehe so, dass ich die beiden jederzeit auseinanderziehen könnte, falls sie aufeinander losgehen sollten. Und ja, ich habe das Gefühl, das könnte passieren. Die Situation könnte kippen. Wobei der Stress in der Luft definitiv nicht vom Faller versprüht wird. Der wirkt, als hätte er einen Ruhepuls von unter sechzig.
»Schluss jetzt mit den Faxen«, sagt der Mann vom Ordnungsamt. »Her mit der Angel und den Personalien, und dann gibt's ein dickes Bußgeld, Herr Polizeibeamter im Ruhestand.«
»Nö«, sagt der Faller. Er dreht sich weg, setzt sich wieder auf sein Stühlchen, zündet sich eine Roth-Händle an, nimmt seine Angel in die Hand und seufzt gemütlich. Und ich fresse einen Besen, wenn er heute in Gegenwart des Ordnungsmenschen noch einmal den Mund aufmacht.
»Also, mir reicht's jetzt. Ich komme morgen wieder. Und wenn Sie dann hier immer noch sitzen und angeln, schalte ich die Polizei ein.«
Der Faller reagiert nicht, zieht nur seinen Hut ein Stückchen tiefer ins Gesicht.
Ich sage dem Mann vom Amt, dass er das gerne ma-

chen kann, die Polizei einschalten. Dass er aber nicht damit rechnen soll, dass die Beamten ihren alten Kollegen Faller anrühren, das würden die nämlich nicht wagen. Nicht wegen eines fehlenden Angelscheins.
Er schüttelt den Kopf und macht sich vom Acker.
Der Faller blinzelt aufs Wasser und grinst sich einen. Ich setze mich neben ihn. Und wie ich ihn so grinsen sehe, fällt mir wieder auf, wie furchtbar das ist, ihn nicht mehr Tag für Tag an meiner Seite zu haben. Das ist nicht fair.
»Was ist passiert?«, fragt er.
»Was soll passiert sein?«
»Verarschen Sie mich nicht, Chas. Ich seh Ihnen doch an, dass was los ist.«
Ich zünde mir eine Zigarette an, hole tief Luft und sage: »Carla ist vergewaltigt worden. Von zwei Typen. Die haben sie richtig übel zugerichtet.«
Der Faller nimmt seinen Hut ab, wuchtet sich aus seinem Stuhl hoch, setzt sich neben mich auf den staubigen Boden und nimmt mich in den Arm.
Ich verliere auf der Stelle die Fassung. Erst läuft ein Zucken durch meinen Körper, dann fange ich an zu heulen. Verdammter Bockmist. Ich hatte die ganze Zeit das Gefühl, dass so was in der Art passieren könnte. Und jetzt, wo es einmal angefangen hat, ist es nicht mehr aufzuhalten. Mir laufen die Tränen aus den Augen, als wäre da eine Gießkanne in meinem Kopf. Super. Chastity Riley, knallharte Staatsanwältin und unstoppable Teardropmachine. Gefürchtet wegen ihrer gnadenlosen Heulkrämpfe. Ich wische mir mit den Händen übers Gesicht und atme tief durch,

aber es hilft nichts, ich kriege mich einfach nicht wieder ein. Der Faller hält mich fest und streicht mir übers Haar.
»Es kommt vor«, sagt er, »dass es in unserem Leben noch furchterregender zugeht als in unserem Job.«
Richtig, denke ich, das weiß ich ja auch. Nur hat es sich eine lange Weile angefühlt, als hätte ich alles im Griff. Aber jetzt schwimmen plötzlich in meiner heißgeliebten Elbe Leichenteile rum, und meine einzige Freundin ist brutal vergewaltigt worden und liegt in einem komatösen Schlaf, der ein bisschen so ist, als wäre sie tot. Und statt was zu unternehmen, sitze ich hier und heule. Scheiße, ist das peinlich, ich schäm mich ja vor mir selbst.
Ich mache mich los, stehe auf, wische mir noch mal übers Gesicht und klopfe mir den Staub von der Hose. Ich hasse das, wenn mich jemand zum Heulen bringt. Ich werd mir den Faller jetzt mal vorknöpfen.
»Und was zum Teufel ist eigentlich mit Ihnen los, alter Mann?« Er lehnt sich ein Stück zurück und kuckt mich an, als wäre mir gerade ein Dampfer aus dem Kopf gewachsen.
»Was sitzen Sie hier rum und angeln sinnlos durch die Gegend?«
Er steht auf und setzt sich wieder auf seinen Stuhl.
»Was soll der Mist? Warum sind Sie nicht mehr bei der Kripo? Warum haben Sie mich allein gelassen? Damit Sie sich in Ruhe mit dem Ordnungsamt anlegen können? Wenn Sie Streit suchen, den können Sie echt einfacher haben!«

Ich bin aufgeregt. Ich bin nicht oft aufgeregt.

»Ihre Nase läuft«, sagt er.

»Nein«, sage ich.

»Doch«, sagt er.

Er greift in seine Hemdtasche, holt ein frisches Stofftaschentuch raus und hält es mir hin. Es ist gebügelt. Ich nehme es und putze mir die Nase.

»Ich wasch das und bring das die Tage vorbei, okay?«

Er nickt, setzt seinen Hut wieder auf, nimmt seine Angel und wirft sie aus. Diese verdammte Angel.

»Das ist doch alles eine blöde Scheiße hier«, sage ich und sehe zu, dass ich Land gewinne. Soll der Faller doch angeln, bis er schwarz wird. Er sagt noch irgendwas, aber ich höre nicht mehr hin.

Auf Höhe der Landungsbrücken sehe ich, dass am Horizont dunkle Wolken aufziehen. Als ich am Millerntor vorbeilaufe, kommt Sturm auf. Kurz bevor ich zu Hause bin, donnert es. Als ich neben Klatsche bei Carla sitze, blitzt es, und dann donnert es direkt über unseren Köpfen, und dann fallen auch die ersten Tropfen.

In genau diesem Augenblick wacht Carla auf.

Sie streckt sich, sie setzt sich hin, sie zieht die Beine an ihren Körper, sie streicht sich die Haare aus dem Gesicht. Die Schwellung an ihrem Auge ist ein bisschen zurückgegangen, an der Stelle blüht jetzt ein amtliches Veilchen, ihre Lippen und ihre Nase sind verkrustet.

»Hast verdammt lange geschlafen«, sagt Klatsche.

Carla sieht uns an. Ihr Blick ist so finster wie der

Himmel, und sie sagt: »Kann ich bitte ein Bier und eine Zigarette haben?«
Draußen fallen riesige Tropfen, die innerhalb kürzester Zeit so viele werden, dass ein Teppich aus Regen aus den Wolken stürzt. Weil keiner von uns aufsteht und das Fenster zumacht, dauert es keine Minute, bis das Wasser in meinem Wohnzimmer steht. Manchmal passt das Wetter so aalglatt zum Leben, dass man kotzen könnte.

Man muss so ein Schwein schnell töten. Wenn es Zeit hat, Adrenalin auszuschütten, schmeckt das Fleisch bitter.
Damit nichts verdirbt, sollte man es sofort ausnehmen, die Innereien häckseln und entsorgen. Vor der Leichenstarre dann an den Füßen aufhängen und ausbluten lassen, das Blut am besten in einer großen Wanne auffangen und Blutwurst daraus machen. Zu viel Eiweiß verstopft die Fettpfanne im Abfluss, das ist unschön. Das Fleisch der Extremitäten vom Knochen lösen und in den Fleischwolf geben, die Röhrenknochen mit der Knochensäge zerkleinern und entsorgen. Rumpf in zwei Hälften teilen und eine gute halbe Stunde abhängen lassen.
Die Filets, die Brust und den Bauch vom Knochen lösen und in Rotwein einlegen.
Die Rückenscheiben mit Olivenöl und vielen aromatischen Kräutern marinieren.
Aus dem Hackfleisch am besten Würste machen, pikante Bratwürste oder Salsiccia: mit Muskatblüte, Piment, Rosmarin, Chili, Salz, schwarzem Pfeffer.
Die Rotweinfilets mit Tomaten geschmort ergeben ein herrliches Ragout.
Die Rückenscheiben am besten grillen oder in der Pfanne braten.

Drecksäcke

Wir sitzen im Präsidium, im Büro einer Kollegin vom Kommissariat für Sexualdelikte. Die Kollegin ist gut. Sachlich aber vorsichtig. Sie zerrt nicht an Carla rum. Ich halte mich im Hintergrund, am Fenster, ich versuche nicht aufzufallen. Ich will die Kollegin nicht bei ihrer Arbeit stören. Außerdem habe ich das Gefühl, überflüssig zu sein. Ich glaube, ich hätte gar nicht mitkommen müssen. Carla wirkt so wahnsinnig souverän. Sie erzählt von der Vergewaltigung, als würde sie ein Rezept für Kartoffelsalat runterrattern:
Sie hatte gerade ihren Laden abgeschlossen, um kurz nach acht, und ist nach hinten in die Küche gegangen, die Abrechnung machen, so wie jeden Abend. Während sie ihr Geld zählte, standen plötzlich zwei Typen im Türrahmen. Einer groß und kräftig, dreißig bis fünfunddreißig Jahre alt, dunkelblonde, kurze Haare, kantiges Kinn, Aknenarben, kariertes Hemd, schwarze Jeans, knollige Nase, schmale Lippen. Der andere war eher klein und drahtig, vierzig bis fünfundvierzig Jahre alt. Er hatte rötlich blonde, etwas

längere Haare und einen stoppeligen Bart, er trug ein grünes T-Shirt, eine helle Hose, eine auffällig ungeputzte Brille, und er schielte auf dem rechten Auge. Die hatten eine Stunde zuvor beide noch an ihrer Theke gesessen, waren dann aber auf einmal verschwunden. Carla war davon ausgegangen, dass die Typen die Zeche geprellt hatten und abgehauen waren, als sie in der Küche war. Sie waren nicht abgehauen. Sie hatten sich in der Herrentoilette eingeschlossen, und sie hatte das nicht mitgekriegt.
Sie haben sie in den Keller gezerrt. Und während einer ihr eine abgebrochene Weinflasche an die Kehle hielt, hat sich der andere über sie hergemacht. Immer schön abwechselnd. Es ging bis kurz vor Mitternacht. Carla hat den Michel läuten hören, als die Typen sich aus dem Staub machten. Die haben sie insgesamt siebenmal vergewaltigt.
»Was danach war, habe ich vergessen«, sagt sie.
Sie sitzt kerzengerade da, vorne auf der Stuhlkante, und hat die Beine übereinandergeschlagen. Sie könnte sofort aufspringen und gehen. Wie ein Tiger. Die Papiertaschentücher, die die Kollegin bereitgelegt hat, hat sie mit Verachtung gestraft.
»Sie wissen nicht mehr, wie Sie aus dem Keller rausgekommen sind?«
»Ich schätze, auf allen vieren«, sagt Carla, trocken wie eine Scheibe Toastbrot.
Die Kollegin kratzt sich mit ihrem Bleistift den Scheitel.
»Und jetzt?«, fragt Carla. »Bauen wir Phantombilder?«

Die Kollegin nickt. Sie findet Carlas Verhalten offensichtlich völlig normal. Vielleicht ist das auch normal, vielleicht erstarren die Menschen, wenn ihnen Gewalt angetan wurde. Aber gerade bei Carla finde ich das höchst merkwürdig. So eine Coolness passt überhaupt nicht zu ihr.
Ich versuche, ihren Blick einzufangen, aber es gelingt mir nicht. Erst als sie mit der Kollegin das Büro verlässt, schaut sie mich kurz an. Aus ihren Augen ist jeglicher Glanz verschwunden. Sie sieht aus wie ein Zombie.
»Carla«, sage ich, »ich will mal eben bei meinen Kollegen vorbei. Rufst du mich an, wenn du hier durch bist? Dann hol ich dich ab, okay?«
Sie antwortet nicht.
Die Beamtin sagt: »Ich geb Ihnen Bescheid.«

*

Der Brückner und der Schulle kommen mir auf dem Flur entgegen, mit fliegenden Fahnen. Noch bevor ich fragen kann, was los ist, sagt der Brückner: »Zweites Paket, Chef. Wieder in der Billwerder Bucht.«
»Jetzt wird's heiß«, sage ich.
»Kommen Sie mit?«, fragt der Schulle, im Laufen.
»Klar«, sage ich.
Ich hefte mich den beiden an die Fersen in Richtung Tiefgarage, hole mein Telefon raus und rufe Carla an. Sie geht nicht ran. Ich rufe in der Zentrale an und lasse mich zu der Kommissarin durchstellen, die Carlas Aussage aufgenommen hat.

»Ihre Freundin ist schon weg«, sagt die. »Sie hat mich gebeten, Sie nicht anzurufen.«
»Aha«, sage ich.
»Ich hatte den Eindruck, dass sie allein sein wollte«, sagt die Beamtin.
Okay, Carla. Dann ist das wohl so.
Der Einzelkämpfer ist ja eigentlich eher mein Job.

*

Ich glaube, der Baggerführer ist richtig stolz auf seinen Fund. Ist ja auch immerhin das zweite aufsehenerregende Päckchen innerhalb von drei Tagen, das er da aus dem Wasser gezogen hat. Er lehnt am Streifenwagen neben einem der beiden uniformierten Kollegen und grinst überheblich, seine olle Karnevalskapitänsmütze klebt ordentlich angeschwitzt auf seinem Kopf, und sein nackter Bauch glänzt in der Sonne.
Der Schulle parkt den Wagen und sieht den Brückner und mich sparsam an. Der hat keinen Bock auf das Paket. Ich hab keinen Bock auf den dicken Mann.
»Sie den Baggerführer, wir die Wasserleiche?«, frage ich.
»Danke«, sagt er.
»Da nich für«, sagt der Brückner.
Wir steigen aus. Mir brennt die Sonne auf den Scheitel. Auf der Kaimauer steht eine uniformierte Beamtin und bewacht das schlammverkrustete Paket. Der Brückner löst sie ab und sieht sich das Ding schon mal genauer an, ohne es anzufassen. Ich bleibe ein bisschen abseits stehen und kucke, ob mir irgendwas

auffällt, ob irgendwas anders ist als am Dienstag. Aber da ist nichts. Die Spurensicherung wollte direkt von einem anderen Tatort zur Billwerder Bucht kommen. Jetzt stehen sie im Elbtunnel im Stau, die Idioten. Wer fährt denn auch durch den Elbtunnel. Die Polizistin kommt zu mir rüber. Wir sagen Hallo, und ich zünde mir eine Zigarette an.
»Wollen Sie auch eine?«
»Danke«, sagt sie, »ich versuche gerade aufzuhören.«
»Oh«, sage ich. »Wie läuft's?«
»Es ist die Hölle«, sagt sie.
Außer dem Schulle, der mit dem dicken Zeugen zu tun hat, stehen wir alle rum wie bestellt und nicht abgeholt. Blöde Spurensicherung.
»Das Paket ist ja ziemlich ordentlich verpackt«, sagt die Kollegin, »finden Sie nicht?«
»Hab ich mir auch gerade gedacht«, sage ich. »Das sieht man schon von weitem, oder?«
»So packt meine Mutter Pakete«, sagt sie.
Ich hab keine Ahnung, wie meine Mutter Pakete packt, aber ich hab auch eher das Gefühl, dass dieses Paket hier kein Mann eingewickelt hat. Die Seiten des schwarzen Müllsacks sind fein säuberlich eingeschlagen, und das Paketband ist akkurat im rechten Winkel verklebt. Ist mir beim letzten Paket gar nicht so aufgefallen, aber da hatte ja auch schon der Herr Schmierbauch seine Finger dran gehabt.
»Finde ich merkwürdig«, sagt sie. »Ich kann mir nicht vorstellen, dass eine Frau so was tut, einen Menschen zerstückeln.«
»Vielleicht ist da ein Pärchen am Start«, sage ich.

»Ein Typ und seine bezaubernde Assistentin?«
Sie kuckt frech vor sich hin, als sie das sagt, und ich muss ein bisschen grinsen. Komisch, angesichts der Lage. Ich meine, normalerweise kippe ich bei solchen Geschichten doch aus den Latschen. Zerstückeln, verstümmeln, gehackt legen. Das ist nicht gerade meine Baustelle. Das nimmt mich meistens ziemlich mit. Aber irgendwie geht mich das diesmal alles nicht so richtig was an. Der Kollegin scheint es ähnlich zu gehen. Als wäre es uns völlig egal, was da in diesem Paket ist. Ich kann beim besten Willen nicht sagen, warum das so ist.

*

Zwanzig Minuten später ist unsere tolle Spurensicherung endlich da. Sie haben natürlich sofort alles abgeriegelt. Der Schulle ist mit dem Baggerführer zugange, und der Brückner und ich warten darauf, dass die KTU am Paket das Skalpell ansetzt. Dafür ist der Oberfuzzi Hollerieth höchstpersönlich zuständig. Der Chef unserer Spurenabteilung ist selbstverständlich wieder extra vorwurfsvoll drauf. Die fleischgewordene schlechte Laune. Wenn der nur *einmal* sagen würde, was ihn eigentlich so sauer auf uns alle macht, dann wüsste man zumindest, weshalb man sich immer so rasend schuldig fühlt, sobald er in der Nähe ist.
»Dann wollen wir mal«, sagt er, und dabei sieht er den Brückner und mich an, als hätten wir die Tafel nicht gewischt.

Er setzt sein Teppichmesser an und schlitzt den schwarzen Müllsack auf. Zuerst sehe ich den einen Fuß, dann den anderen. Dann eine Hand und dann ein Gesicht. Schnurrbart, kurze aschblonde Haare, fliehende Stirn, längliche Kopfform. Ich weiß nicht, woher plötzlich dieser Satz kommt, der jetzt pausenlos durch mein Gehirn rattert; wie das passieren kann, dass ich so was denke. Es ist ein gemeiner Satz. *Was soll's, wieder ein hässlicher Vogel weniger auf dieser Welt.*
»Chef?«
Der Brückner tippt mir mit dem Zeigefinger auf den Oberarm.
»Äh, ja«, sage ich, »was?«
Der Brückner hat offensichtlich was gesagt, und ich hab's nicht gehört. Zumindest sieht er mich so an, als hätte er was gesagt. Er sagt es noch mal:
»Ich fordere die Taucher an, okay?«
»Klar«, sage ich, »natürlich, die Taucher.«
Ich reibe mir über die Augen und bin wieder bei mir.
»Die sollen hier das ganze Hafenbecken umgraben, bis hinter zum Holzhafen. Ich will nicht, dass der Baggerheini morgen das nächste Paket findet. Sonst steht der übermorgen im Präsidium auf der Platte und will bei uns anfangen.«
»Herrje«, sagt der Brückner und schaut über meine Schulter, und ich drehe mich um, und dann sehe ich es auch. Da hinten rückt mit quietschenden Reifen und Blaulicht auf dem Kopf die Presse an.

Sommerfußball

Es ist Samstag, und es ist wie sooft am Wochenende. Ich weiß nichts mit mir anzufangen. Wäre das jeden Tag so, hätte ich nicht unter der Woche meine Arbeit, wäre ich längst tot. Normalerweise würde ich jetzt zu Carla ins Café gehen und da ein bisschen rumhängen. Aber Carlas Café ist zu. Weil Carla zuhat, oder so was Ähnliches wie zu. Klatsche ist auch nicht da. Der ist heute Morgen ganz früh mit Carla an die See gefahren, damit sie auf andere Gedanken kommt. Ich hätte da natürlich mitfahren können, es soll auch schon wieder heiß werden heute, aber ich warte auf Anrufe. Der Brückner und der Schulle waren gestern unterwegs, das Umfeld von Dejan Pantelic auseinandernehmen. Und die Taucher flöhen seit Sonnenaufgang weiter die Billwerder Bucht. Falls die was finden, will ich so schnell wie möglich zur Stelle sein.

Am Fenster gegenüber hängen Babyklamotten. Winzige Kleidchen und Pullis, aus quietschbonbonbunter Wolle gestrickt. In der Wohnung wohnt eine dicke Frau mit einer grauen Dauerwelle, sie wohnt da

alleine, und sie strickt die Sachen. Die Neuigkeiten hängt sie dann an ihrer Gardine auf, für wen, weiß nur der alte Hamburger Himmel. Sie selbst sitzt hinter dem Vorhang. Manchmal weint sie. Sie denkt, man sieht das nicht.
»Mein Mann hat ja so viel getrunken«, hat sie mal zu mir gesagt.
Da habe ich erst kapiert, dass sie vor ein paar Monaten Witwe geworden ist. Ich dachte, sie wäre schon immer alleine gewesen.
Also.
Ich könnte natürlich mal nach dem Faller sehen.

*

Der Faller hat sich einen Sonnenschirm mitgebracht. Das finde ich gut. Das heißt, dass er noch nicht völlig den Verstand verloren hat. Ansonsten ist die Situation unverändert. Sitzt da, hat 'n Strohut auf, angelt.
»Ich hab uns Fischbrötchen und Zigaretten mitgebracht«, sage ich.
»Sind die Fischbrötchen kalt?«
»Klar.«
Ich halte ihm eins von den Brötchen hin.
»Hm, Bismarck«, sagt er.
Ich setze mich neben ihn auf die Mauer. Wir essen. Ich warte, bis er aufgegessen hat, bevor ich ihm erzähle, was wir gefunden haben.
»Na, so was«, sagt er, holt die Angel ein und wirft sie wieder aus.
»Mehr fällt Ihnen dazu nicht ein?«

»Nö«, sagt er.
»Interessiert Sie das gar nicht, was da los ist?«
»Nö«, sagt er, »interessiert mich nicht.«
»Find ich merkwürdig«, sage ich.
»Ich nicht«, sagt er.
Ende der Diskussion.
Ich hole die Zigaretten aus der Tasche, zünde uns zwei an und gebe eine davon dem Faller. Wir rauchen. Die Angel bewegt sich nicht.
»War der Heini vom Ordnungsamt eigentlich noch mal hier?«, frage ich.
»Hat sich nicht mehr blicken lassen.«
Der hellbraune Sonnenschirm, den der Faller sich aufgestellt hat, ist groß genug, um einen schmutzigen Schatten über uns beide zu werfen. Es ist, als würden wir in einem Kreis sitzen, der Hafen und Himmel verbindet, und ein paar Möwen nehmen wir auch noch mit. Fühlt sich an, als wäre es eine runde Sache. Mir kommt zum ersten Mal der Gedanke, dass der Faller vielleicht genau das Richtige tut. Vielleicht ist das alles völlig in Ordnung so. Das Rad erst mal anhalten. Die Bremse treten, wenn das Leben zu schnell unterwegs war. Pausentaste drücken. Mein Fehler war nur, zu glauben, das hätte der Faller schon getan, mit seiner Pensionierung. Aber in Rente zu gehen war eine Notwendigkeit. Der war durch mit der Bullerei. Das war nicht seine Entscheidung, dass das nicht mehr geht. Bei unserem letzten gemeinsamen Einsatz hätte er fast ins Gras gebissen. Und das Ding vor ein paar Jahren, als Hauptkommissar Faller sich viel zu tief in den Sumpf gewagt hat, das ist er ja auch

nie losgeworden. Jetzt hier zu sitzen und zu angeln und aufs Wasser zu schauen und zu warten, bis seine alte Seele sich von den letzten dreißig Jahren erholt hat, ist vermutlich das Beste, was er tun kann. Der Leuchtturm ist ein guter Ort für so was. In der Nähe eines Leuchtturms ist immer Licht. Da kann man nicht verloren gehen.
»Wissen Sie was, Faller«, sage ich, »wegen mir können Sie hier bis in alle Ewigkeit sitzen, wenn Ihnen das guttut.«
Ich ziehe an meiner Zigarette.
»Es tut Ihnen doch gut, oder?«
Der Faller nickt, nimmt seinen Hut ab und wischt sich mit einem Taschentuch über den Kopf. Ich hab ihn lange nicht mehr ohne Hut gesehen. Sein Haar hatte immer einen Grauton. Seit ich ihn kenne, war das so. Die Schattierung hat sich natürlich im Laufe der Jahre geändert, aber es war immer grau. Jetzt ist es weiß. Ich bin mir nicht sicher, ob ihn das gemütlich oder weise oder einfach nur alt aussehen lässt.
»Es ist ja so«, sagt er, »die kleinen Fische sind im Schwarm unterwegs, in der Gruppe. Die machen das, damit sie aufeinander aufpassen können, zu mehreren kann man sich besser wehren, und man schwimmt auch nicht so leicht in die falsche Richtung.«
Er wedelt mit dem Hut vor seinem Gesicht rum, das soll wohl Abkühlung bringen.
»Andere Fische, die Raubfische, schwimmen allein.«
Er setzt den Hut zurück auf seinen Kopf, holt seine Angel ein und wirft sie wieder aus.
»Und dann«, sagt er, »gibt es die Fische, die aus der

Kurve geflogen sind, die ihren Schwarm verloren haben. Die wissen nicht mehr so genau, wo's eigentlich langgeht. Und damit sie nicht aus Versehen einem Raubfisch über den Weg laufen, suchen sie sich ein geschütztes Plätzchen und warten in aller Ruhe. Sie warten, bis ihr Schwarm zufällig wieder vorbeikommt. Oder irgendeiner, dem sie sich anschließen können. Oder sie warten auf was ganz anderes, von dem sie selbst noch nicht wissen, was das ist.«
Der Blinker seiner Angel plitschert im Wasser zu unseren Füßen.
»Wäre schön, wenn heute Abend Sportschau laufen würde«, sage ich.
»Ja«, sagt er, »das wäre schön.«
Aber die Bundesliga macht ja leider gerade Pause. Was der Faller kann, können die natürlich schon lange.

*

Ich hab die erstbeste Barkasse genommen. Mir war ein bisschen wackelig nach der Fabel vom Faller. Ich weiß nicht, um wen es ging. Ob er sich meinte oder mich. Oder ob der alte Mann einfach nur spinnt. Auf jeden Fall stand ich plötzlich nicht mehr besonders sicher. Und dann hilft es ja immer, den festen Boden unter den Füßen einfach aufzugeben und gegen ein paar Schiffsplanken einzutauschen. Wenn der Untergrund schwankt, fällt einem die eigene Instabilität nicht mehr so auf.
Ich sitze auf der schmalen Holzbank am Heck und schaukele durch den Hafen. Neben mir sitzt ein

Punk. Er ist noch sehr jung, aber er ist echt. Nicht so ein Modepüppchen wie diese kleinen Anziehpunks, die man jetzt sooft sieht. Er riecht nach Bier und schwarzem Tabak, er ist wahnsinnig dünn, und seine Hose ist so schmutzig, die könnte alleine stehen. Seine Doc Martens haben Löcher, und den Schneidezahn hat er vermutlich vor gar nicht langer Zeit verloren. Der Junge wirkt angeschlagen, aber er scheint guter Dinge zu sein.
Es ist Nachmittag, und die Sonne kriegt langsam diese mütterliche Farbe. Wir schippern an der Hafenstraße entlang. Sankt Pauli glitzert bunt in den goldblauen Himmel. Der Kapitän hat Musik laufen, so eine Art Bossa nova. Ich glaube, die Barkasse schwankt im Takt.
Der kleine Punk lässt einen Seufzer über die Reling fallen, und ich sehe eine Träne in seinem Gesicht, aber ich sehe auch das Lächeln, und dann sagt er:
»Mein Gott, ist diese Stadt schön.«
Ich muss uns auf der Stelle zwei Bier besorgen.

Zick dich doch

Halleluja, sie isst wieder. Zwei Tage hat sie nur geschlafen, zwei Tage hat sie nur Bier getrunken und Zigaretten geraucht, jetzt sitzt sie mit mir in einem Hauseingang in meiner Straße in der Sonne und stippt ein Hörnchen in ihren Kaffee.
Sie sieht fast wieder normal aus. Das Veilchen auf ihrem linken Auge glimmt noch in Lila und Grün, aber nur ganz schwach. Man sieht es kaum noch. Die Wunden in ihrem Gesicht sind fast verheilt. Ihre dunkelbraunen Haare sind gewaschen und glänzen wieder. Aber sie trägt kein Kleid. Sie hat sich von Klatsche ein T-Shirt geliehen, irgend so ein Musikdings, von irgendeiner Band, von irgendeiner Tour. Auf ihrem Rücken stehen Tourdaten von 1998. Die Jeans hat sie von mir, die ist viel zu lang für sie. Sie musste sie ein paarmal hochkrempeln.
»Ich werde mir morgen ein paar Hosen kaufen«, sagt sie und kaut. »In Hosen fühlt man sich ja viel sicherer.«
Sie nimmt einen Schluck Kaffee. »Deshalb trägst du immer Hosen, oder?«

»Weiß ich gar nicht«, sage ich, »vielleicht. Ich hab noch nie was anderes getragen.«

»Ich hol mir noch eins von den Croissants hier«, sagt sie, steht auf, und klopft sich den Staub von den Beinen. »Willst du auch noch eins?«

»Nein«, sage ich, »danke«, und ich sehe ihr nach, wie sie vorsichtig nach links und rechts schaut, bevor sie über die Straße läuft, und wie sie die Tür zum Kandie Shop nur einen Spalt aufmacht und sich schnell nach innen verzieht, so als würde sie sich von irgendwem beobachtet fühlen. Sie hat ihren Leichtsinn verloren. Und sie hat bei alldem nicht ein einziges Mal mit dem Hintern gewackelt.

Diese verfluchten Wichser. Ich könnte denen auf der Stelle das Fell über die Ohren ziehen.

Ich setze meine Sonnenbrille auf und zünde mir eine Zigarette an. Es fühlt sich an, als hätte es schon wieder fast dreißig Grad. Es ist noch nicht mal Mittag.

»Hey«, sagt Klatsche.

Er steht plötzlich vor mir.

»Hey«, sage ich.

Er beugt sich zu mir runter und gibt mir einen Kuss auf die Stirn.

»Wo ist Carla?«

»Holt sich ein Hörnchen«, sage ich.

»Zum Essen?«, fragt er.

»Zum Schachspielen«, sage ich.

»Was bist 'n du so zickig?«

Weiß ich auch nicht.

»Entschuldige«, sage ich.

Er zuckt mit den Schultern, klettert auf die Stufen

hinter mir und lässt sich da drauffallen. Ich reiche ihm eine Zigarette und meinen Kaffee nach hinten.
»Danke, Baby«, sagt er. Und eine Oktave höher: »Nenn mich nicht Baby!«
Oh Mann.
Carla kommt zurück, sie hat ein Croissant und einen frischen Kaffee in der Hand.
»Na, Digger«, sagt sie, als sie Klatsche sieht.
»Na, Baby«, sagt Klatsche.
Ach so. Andere heißen auch mit zweitem Namen Baby. Wusste ich gar nicht.
»Puh«, sagt Carla, als sie sich neben mich setzt, »ich muss echt dringend wieder essen. Mir ist ganz mau in der Birne.«
»Sollen wir was essen gehen?«, frage ich.
»Keine Zeit«, sagt sie.
»Was haste denn vor?«
»Mein Café wieder aufmachen«, sagt sie. »Bis heute Abend muss der Laden startklar sein.«
»Carla«, sage ich, »ist das nicht …«
»Lass sie«, sagt Klatsche leise, »lass sie einfach mal machen.«
»Genau«, sagt sie, »lass mich. Ich darf dich nie bemuttern. Jetzt versuch du das nicht bei mir.«
Ich sollte für den Rest des Tages wohl besser die Schnauze halten.

*

Ich wusste nicht, wohin mit mir, vorhin alleine in meiner Wohnung, der Abend fiel vom Himmel, keiner war da, und da bin ich in der Bar Morphine gelandet. Die Morphine ist ein elender Elektrobunker. Ein Betonsarg in einem Keller unter der Reeperbahn. Es ist laut und knallhart in der Morphine, es gibt Nebel und Leute dicht an dicht, der Alkohol wird getrunken und sofort wieder ausgeschwitzt, und dann tropft er einfach von der Decke. In der Morphine werden sogar die Haare besoffen.

Ich stehe in einer Ecke in der Nähe der Theke, das weiß ich, auch wenn ich sie nicht sehen kann. Ich kann sie fühlen. Ich habe ein großes Glas Gin Tonic in der Hand. Ich muss nachdenken.

Carla geht's nicht gut. Jemand muss sich um sie kümmern. Klatsche macht das. Das ist okay. Das ist schon okay. Oder? Ich weiß nicht. Mich macht das nervös, diese ganze Sache macht mich nervös. Ich hab das Gefühl, wir rutschen voneinander weg, und je mehr wir das tun, desto mehr kippe ich auch mit Klatsche in eine merkwürdige Schieflage. Irgendwie zerspringt unsere Freundschaftskiste. Zumindest sehe ich da irritierende kleine Risse.

Aber mir geht's ja gut. Ich bin ja weder vergewaltigt worden noch sonst was.

Ich darf mich nicht beschweren.

Und dann sind da auch diese Leichenteile, mit denen ich so überhaupt nichts anfangen kann. Das hatte ich noch nie, dass mir die Toten egal sind, dass es mich nicht interessiert, wer sie waren und warum sie sterben mussten.

Mir ist, als wäre ich in allem, was ich tue, neben der Spur. Als würde ich ständig versuchen, einen Fuß auf

den Boden zu stellen, doch dann komme ich nicht dazu, weil ich entweder abgelenkt bin oder der verfluchte Boden wegrutscht. Irgendwie stehe ich komplett am Rand, und ich weiß nicht mal, an welchem.
Ich nehme einen Schluck von meiner Gin-Medizin und mache die Augen zu. Die Blitze der Lichtanlage dringen durch den Nebel und meine Lider bis zu meinen Pupillen. Und die Bässe drehen sich in meinem Bauch. Wumm, wumm, wumm.
»Na? Du?«
Vor mir steht ein Typ in einer zu großen Lederjacke. Er hat eine Zigarette im Mundwinkel und grinst mich blöde an. Ich wusste nicht, dass die hier solche Spacken reinlassen.
»Kennen wir uns?«, frage ich.
»Nee, aber ...«
»Warum duzen Sie mich dann?«, frage ich.
»Weil du und ich noch eine Menge Spaß miteinander haben könnten«, sagt er. »Schatzi.«
Ich trete ihm vors Schienbein, verzichte darauf, ihm noch links und rechts eine zu ballern, trinke meinen Gin Tonic aus, gehe nach Hause und denke darüber nach, ob ich eine Möglichkeit habe, den Laden schließen zu lassen. Unverschämtheit, so was.
Morgen kommt der Calabretta wieder. Gott sei's getrommelt und gepfiffen.

Es war an einem Sonntag. Sie saß in ihrem Kinderzimmer und spielte mit den Barbiepuppen Hochzeit. Die Barbies heirateten untereinander, die Blonde heiratete die Dunkelhaarige, und die Ballerina heiratete auch gleich mit. Einen Bräutigam gab es nicht, sie hatte ja keinen Ken. Nur einen Big Jim, den hatte sie von ihrem Cousin geerbt. Aber Big Jim ging beim besten Willen nicht vor den Altar, mit seinem Lendenschurz und seinem dummen Gesicht und seinem blöden Hitlergrußarm.
Die Hochzeitskleider für die Barbies hatte sie aus Papier gebastelt. Die hielten nicht richtig, die fielen dauernd ab, aber das machte nichts. In ihrer Vorstellung waren das rauschende, knisternde Roben.
Die Erwachsenen waren nebenan im Wohnzimmer. Ihre Eltern hatten Besuch. Ein Kollege von ihrem Vater. Sie mochte den Mann nicht. Er roch nach Schweiß, er hatte immer so Spuckefäden in den Mundwinkeln, und er nahm sie manchmal auf den Schoß, obwohl sie das gar nicht wollte. Er machte das einfach.
Sie hörte, wie der Kollege aufs Klo ging. Sie hörte ihn pinkeln, sie hörte die Spülung, aber den Wasserhahn, den hörte sie nicht. Igitt, dachte sie, der hat sich nicht die Hände gewaschen. Und dann stand er plötzlich in ihrem Zimmer. Sie ärgerte sich, dass sie ihre Zimmer-

tür nicht zugemacht hatte. Er beugte sich zu ihr runter und strich ihr übers Haar. Sie hielt die Luft an.
Na, sagte er, du Süße.
Sie sagte nichts. Zog den Kopf ein. Hielt die blonde Barbie fest, und da fiel der schon wieder das Kleid runter.
Schau mal, sagte er, Brüste. Hast du bestimmt auch bald.

SoKo Knochensäge

Hamburg, dreizehn Uhr, die Sonne brennt, und das passt mir ganz toll ins Konzept, denn ich habe soeben ein paar Mädchenhändler gegrillt. Ich war genauso gnadenlos, wie ich es mir vorgestellt habe. Anklage verlesen mache ich ja sowieso sehr gerne, aber diesmal hat es richtig Spaß gemacht. Weil ich meinen drei Angeklagten die Pest an den Hals wünsche. Jetzt haben sie da zumindest schon mal eine Anklage wegen Zuhälterei, Freiheitsberaubung, Menschenhandel und Gründung einer verbrecherischen Organisation. Das ist noch nicht die Pest, aber es ist ein guter Anfang.

Um zwei will ich im Präsidium sein, der Calabretta ist zurück aus Italien, und wir treffen uns zur ersten offiziellen SoKo-Runde. Ich setze meine Sonnenbrille auf und mache mich auf den Weg zum Jungfernstieg. Von da fahren die Schiffe nach Norden, und dann ist das nur noch ein Katzensprung bis Alsterdorf. Das kann ich zu Fuß gehen. Wenn's nicht unbedingt sein muss, lass ich lieber die Finger vom öffentlichen Nahverkehr. Ich fühle mich in Bahnen und Bussen immer so verloren.

In Frankfurt, als ich studiert habe, kannte ich mal einen Hund, der hieß Miller. Was Nahverkehr angeht, war der Miller das genaue Gegenteil von mir. Er holte sich jeden Tag ein Würstchen bei einem Schlachter ab, den er von früher kannte. Allerdings wohnte der Miller am Südbahnhof, der Schlachter hingegen war in Bockenheim. Für den Miller war das überhaupt kein Problem. Der nahm am Südbahnhof die U-Bahn zur Hauptwache, da ist er dann umgestiegen in die Bahn nach Bockenheim, an der Bockenheimer Warte ist er raus aus der Station, zweimal links abgebogen, und schon gab's ein Würstchen. Das hat mich total beeindruckt und gleichzeitig wahnsinnig gedemütigt, weil ich *nie,* aber auch wirklich *nie* auf Anhieb die richtige Bahn erwischt habe, und er im Gegensatz zu mir so cool und beiläufig umstieg, und das als Hund, dass ich irgendwann einfach aufgab. Ich habe aufgehört, mich dem Nahverkehr zu stellen.

Mein Schiff kommt, und die Alsterschiffe sind im Gegensatz zu den Elbschiffen so weiß und sauber und frisch gestrichen, dass man das Gefühl hat, nach langer Zeit in Gesellschaft wilder Tiere plötzlich einem Schwan zu begegnen. Und der Schwan schwimmt vor einer unglaublich polierten Kulisse. Die Bäume am Alsterufer sind so herrlich grün, die Häuser und Hotels so herrlich nobel, das Wasser der Alsterfontäne wedelt durch die Luft, als wäre es ein Spitzenhandschuh. Manchmal hab ich den Verdacht, dass dieses Hamburg hier fürs Fernsehen erfunden wurde. Für einen Vorspann mit getragener Musik und gestärkten Blusen. Bah.

Ich klettere an Deck, und als ich mich hinsetze, sieht mich eine silbrige Dame im Burberry-Kostüm an, als würde ich ihr Schiff schmutzig machen.

*

Um zwei Minuten nach zwei grätsche ich an den So-Ko-Tisch. Ich muss in einer Raum-Zeit-Schleife auf der Alster festgesessen haben. Wusste ich's doch. Dem anderen Hamburger Fluss ist nicht zu trauen.
»Moin«, sage ich.
»Moin«, sagen der Brückner und der Schulle, unser Psychologe, Herr Borger, lächelt jovial über seine Brille hinweg in meine Richtung, die fabelhafte Betty Kirschtein aus der Pathologie feuert ein »Hey, Riley, wie geht's Ihnen?« über den Tisch, und der Calabretta sagt »Salve!«. Die beiden Kollegen von der Spurensicherung rühren sich nicht und beten ihre Akten an. Sie sind ohne ihren Chef hier.
»Kommt der Kollege Hollerieth noch?«, frage ich und lasse mich auf den freien Platz neben dem Calabretta fallen. Der ist nach einer Woche am Golf von Neapel braun wie eine alte Natter.
»Herr Hollerieth hat's am Rücken«, sagt er und grinst mich breit an.
Ich grinse zurück. Ach ja. Der Calabretta. Schön, dass er wieder da ist.
»Okay«, sage ich, »dann wollen wir mal.«
Der Brückner schlägt seine Mappe auf.
»Also«, sagt er, »wir haben zwei tote Männer, beziehungsweise die Köpfe, Hände und Füße von zwei

toten Männern. Vom Rest keine Spur. Der erste Tote wurde am Dienstag letzter Woche gefunden, der zweite am Freitag. Fundort ist in beiden Fällen die Billwerder Bucht. Die Leichenteile waren in schwarze Müllsäcke verpackt, mit Paketband verklebt und jeweils mit einem runden Felsbrocken beschwert. Das Gewicht hat gerade so gereicht, dass die Pakete sich in den Schlick gegraben haben. Aber als die Fahrrinne freigebaggert wurde, sind sie zum Vorschein gekommen. Der Zeuge, der das Baggerschiff gefahren hat, heißt Hein Trochowski. Er wurde nach beiden Funden vernommen, die Protokolle zu den Vernehmungen haben Sie alle in Ihren Akten.«
Er blättert um.
»Die Identität der beiden Toten ist geklärt. Bei dem Fund vom Donnerstag handelt es sich um einen gewissen Dejan Pantelic, der Mann kam Mitte der Neunziger aus Ex-Jugoslawien. Er war einunddreißig Jahre alt, hatte keinen festen Job und wohnte bei seiner Freundin in Horn. Sie hat ihn Montag letzter Woche vermisst gemeldet. Zum letzten Mal gesehen wurde er am Freitag von zwei Freunden, in der Kneipe *Zum Silbersack* auf Sankt Pauli. Das war gegen zwei Uhr morgens, da hat Pantelic sich verabschiedet und sich angeblich auf den Weg nach Hause gemacht. Die Freunde wurden vernommen, auch die Protokolle liegen in den Akten. Was wir noch über den Mann wissen: In seinem Umfeld galt er als unbeherrscht und sogar gewalttätig. Er soll seiner Freundin hin und wieder eine gelangt haben, was die natürlich bestreitet. Aber strafrechtlich war der Typ noch nicht auffällig geworden.«

»Gibt's irgendeine Verbindung zu dem zweiten Toten?«, frage ich.
Der Brückner schüttelt den Kopf.
»Außer der Tatsache, dass der auch zuletzt auf dem Kiez gesehen und ein paar Tage später vermisst gemeldet wurde – keine«, sagt er. »Der Mann hieß Jürgen Rost. Er war zweiundvierzig Jahre alt und ist vor drei Wochen verschwunden. Er arbeitete als Fahrer für ein privates Busunternehmen und wohnte in einem Zwei-Zimmer-Apartment in Bahrenfeld. Keine Familie, keine feste Freundin, kaum Frauengeschichten. Zuletzt gesehen wurde er von einer Kellnerin in der *Rutsche,* das ist so ein fieser Partyladen auf dem Kiez, da war er Dauergast und wohl immer gut besoffen. Ansonsten führte der ein total unauffälliges Leben.«
»Wer hat ihn vermisst gemeldet?«, frage ich.
»Sein Chef«, sagt er, »der hat sich Sorgen gemacht, als er eine Bustour platzen lassen musste, weil Rost nicht aufgetaucht ist. War wohl überhaupt nicht seine Art. Sein Chef sagt, er sei sehr gewissenhaft gewesen. Mehr wusste der aber nicht über seinen Angestellten zu sagen.«
Der Brückner klappt seine Mappe zu.
»Soviel von unserer Seite«, sagt er.
»Gibt's schon einen konkreten Ermittlungsansatz?«, fragt unser Psychologe. »Irgendeine Richtung?«
»Geht gegen null«, sagt der Calabretta, »wir tappen durch die tiefe, dunkle Nacht.« Er zeigt mit der rechten Hand zur Spurensicherung. »Bitte schön.«
Der Langweiligere von beiden streicht seine Akte glatt.

»Wir haben keine Fingerabdrücke auf dem Verpackungsmaterial und keine Fasern auf den Leichenteilen. Der Täter hat Handschuhe benutzt und die Opfer offenbar gründlich sauber gemacht. Als wären die sandgestrahlt worden oder zumindest ordentlich geschrubbt. Die schwarzen Müllsäcke und das Paketband sind Standard, die kriegt man in jedem Drogeriemarkt. Die Steine sind ein bisschen interessanter. Da haben wir Spuren von Rasen und Blumenerde gefunden. Die wurden also nicht einfach am Elbstrand gesammelt. Die stammen aus einer kultivierten Anlage, einem Park oder einem Garten oder so was.«
Der andere Spurenmann setzt sich gerade hin.
»Und wir haben ein Haar«, sagt er.
Alle horchen auf. Ein Haar ist immer ganz, ganz toll.
»Ein langes, dunkelblondes, lockiges Frauenhaar.«
»So gründlich wurde dann wohl doch nicht sauber gemacht«, sagt Herr Borger und lächelt und notiert sich was in sein Psychologenbuch.
»Das Haar haben wir in der Frisur von Dejan Pantelic gefunden«, sagt der erste Spurenmann.
»Vielleicht hat er auf seiner Kieztour ein kleines Abenteuer erlebt«, sagt Betty Kirschtein.
»Vielleicht ist ihm genau dieses Abenteuer zum Verhängnis geworden«, sagt der Calabretta und sieht Betty Kirschtein an. Für meinen Geschmack sieht er sie wieder mal ein bisschen zu lang an. Was soll's. Haben inzwischen eh alle geschnallt. Ist ja kein Geheimnis mehr, dass der Calabretta versucht, bei unserer schicken Pathologin zu landen. Betty Kirschtein lächelt kurz, schnickt ihren kleinen roten Pony aus ih-

rem zierlichen Gesicht und widmet sich dann mit großer Hingabe der Betrachtung ihrer Fingernägel. Leider hat Betty auch nie ein Geheimnis daraus gemacht, dass sie sich einen Scheiß für unseren Commissario interessiert.

»Das war's aus der KTU«, sagt der zweite Spurentyp, und beide klappen wie auf Kommando ihre Akten zu. Betty Kirschtein schaut in die Runde.

»Bin ich dran?«

»Gerne«, sage ich, bevor der arme Calabretta was Falsches sagt und sich zum Affen macht. Wenn es geht, sollte man Freunde dringend vor solchen Peinlichkeiten bewahren.

Unsere Pathologin schlägt ihre weiße Mappe auf, und ich drücke mich ein bisschen tiefer in meinen Stuhl. Ich mag Betty wirklich gerne, aber ihr Spezialgebiet finde ich zum Kotzen. Seit der Faller nicht mehr da ist, war ich noch kein einziges Mal in der Gerichtsmedizin. Ich kann das ohne den Faller nicht. Es geht einfach nicht. Ich hab meinen Vater in der Gerichtsmedizin liegen sehen, nach seinem Selbstmord. Er lag da im Keller der Frankfurter Uni-Klinik, und ich bin mir nicht sicher, was schlimmer war. Die Nacht, als ich ihn mit einer Kugel im Kopf auf seinem Schreibtisch fand, oder der nächste Tag, als er da im Neonlicht auf dieser Pritsche lag wie eine Wachsfigur. Ich kann ohne den Faller einfach nicht in die Pathologie.

»Der Kopf und die Gliedmaßen beider Opfer wurden äußerst gekonnt abgetrennt«, sagt Betty Kirschtein. »Ich würde sagen, das ist mit einer Art Knochensäge passiert.«

Okay. Mir ist jetzt offiziell schlecht. Auch wenn mir die Opfer offensichtlich egal sind, was mit ihnen passiert ist, finde ich nicht so toll.
»Wo liegt denn so was rum«, sagt der Schulle, »eine Knochensäge? Das hört sich aber nach einem ganz bösen Apparat an.«
»Beim Schlachter«, sagt Betty Kirschtein, »oder in Krankenhäusern.«
Ich muss mich konzentrieren. Nur nicht unter den Konferenztisch spucken. Die Vorstellung, dass hier eventuell ein Arzt am Sägen ist, finde ich widerlich.
»Der Tod trat aber nicht infolge der Amputationen ein«, sagt sie. »Die Opfer starben durch einen sehr präzisen Schlag oder Tritt von unten gegen das Nasenbein. Dadurch wird der Knochen ins Gehirn gejagt. Der Rest geht dann relativ schnell.«
»Wer kann so was?«, frage ich, auch um mich abzulenken. »Ich meine, so einen Tritt muss man erst mal hinkriegen, oder? Ich könnte das nicht.«
Betty Kirschtein zuckt mit den Schultern.
»Was sagen denn die Herren in der Runde dazu?«, fragt sie. »Können Sie so was?«
»Kampfsportausbildung«, sagt der Schulle. »Für so 'n Ding braucht man 'ne astreine Kampfsportausbildung.«
»Nö«, sagt der oberlangweilige Spurenmann, »ich kann das auch so. Ohne Kampfsportausbildung.«
Alle, aber ausnahmslos alle schauen ihn irritiert an.
»Muss man nur zu Hause üben«, sagt er, »mit Schaufensterpuppen oder so was.«
Niemand sagt was.

»Wie?«, fragt er. »Keiner von euch Ninja-Fan gewesen?«

Ich wusste ja schon immer, dass die Typen aus dieser krassen Abteilung nicht ganz knusper sind. Der Schulle schüttelt verächtlich den Kopf, der Calabretta räuspert sich und sieht Betty Kirschtein an.

»Wann sind die Männer denn gestorben?«, fragt er. »Und wie lange lagen sie schon im Wasser?« Er bemüht sich diesmal sehr, sie nicht so anzustarren.

»Das«, sagt sie, »ist schwer zu bestimmen. Die Leichenteile waren fast luftdicht verpackt und sind wenig verwest. Ich würde tippen, dass die fast permanent gut gekühlt waren, bevor sie verpackt worden sind.«

Sie schaut in die Runde und sagt:

»Ich bin, ehrlich gesagt, ziemlich ratlos.«

Der Calabretta wendet sich ein bisschen zu schnell an Herrn Borger, wie ich finde.

»Was fällt Ihnen dazu ein?«, fragt er.

»Wir haben es mit einem Profi zu tun«, sagt Herr Borger, »so viel ist sicher. Mit jemandem, der sich auskennt. Nicht unbedingt im Töten, aber im Umgang mit seinem Werkzeug. Das wirkt alles sehr ruhig, sachlich und souverän.«

»Mann oder Frau?«, frage ich.

»Kann ich nicht sagen. Was die Brutalität der Tat angeht, würde ich sagen: Mann. Die Gründlichkeit und der Blick fürs Detail sprechen eher für eine Frau.«

Er nimmt seine Brille ab und spielt ein bisschen damit rum.

»Aber auf jeden Fall ist das jemand«, sagt der Brück-

ner, »der eine ziemliche Störung im Oberstübchen hat, davon können wir doch ausgehen, oder?«
»Nein«, sagt Herr Borger.
Na, so was.
»Ich glaube nicht, dass wir es mit einem kranken Gehirn zu tun haben«, sagt er.
»Aber warum, bitte schön, tut jemand so was Perverses«, sagt der Brückner, »wenn er nicht durchgeknallt ist?«
»Vielleicht, weil die Situation, in der er sich befindet, außergewöhnlich ist«, sagt Herr Borger.
»Und außergewöhnliche Maßnahmen erfordert?«, fragt Betty Kirschtein.
Herr Borger zieht die Augenbrauen hoch und setzt seine Brille wieder auf.
»Möglich«, sagt er.
»Also los«, sage ich, »jetzt mal Butter bei die Fische: Arzt oder Schlachter?«
»Ist doch das Gleiche«, sagt der Schulle.
Und Herr Borger sagt:
»Ich hab keinen blassen Schimmer.«

*

»Grimaldi-Braun«, sagt der Calabretta, als wir in seinem Büro einen Kaffee trinken. Er schiebt sich seine Sonnenbrille in die Haare. Die Haare haben heute Morgen offensichtlich eine dicke Portion Frisiercreme abgekriegt. Und sie wirken einen Tick länger als sonst. Das Hemd ist dunkelblau, zwei Knöpfe zu weit offen, und über dem weißen Rippenunterhemd baumelt an einer goldenen Kette ein goldenes Kreuz. Normalerweise trägt der Calabretta seine Haare kurz, seine Hemden zu und niemals eine Sonnenbrille. Da geht maximal eine enge Lederjacke. Als wolle er den Italiener in sich hinter geballter Zurückhaltung verstecken. Bloß nicht gockeln. Als wäre ihm seine Herkunft unangenehm. Es sieht so aus, als hätte die Sonne ihm diesen norddeutschen Teil seiner Persönlichkeit gründlich weggebrannt. Wüsste ich nicht, wen ich da vor mir habe, würde ich sagen: Mafioso. Sofort einbuchten.

»Grimaldi-Braun also«, sage ich und lasse mich auf einen Stuhl fallen.

»Yo«, sagt er und rollt auf seinem Stuhl vor und zurück.

»Schön, dass Sie wieder da sind«, sage ich.

»Yo«, sagt er noch mal, dabei streckt er die Arme nach oben und den Bauch raus, und ich sehe, dass sein Hemd ein bisschen spannt. Der Calabretta zieht den Bauch ein. Er hat gesehen, dass ich da was gesehen habe.

»Was soll ich machen«, sagt er und zieht die Schultern und die Augenbrauen nach oben, »zwei Wochen lang zweimal am Tag Pasta von meiner Zia Giuseppina.«

Er klopft sich mit beiden Händen auf die kleine Pocke über seiner Gürtelschnalle.

»Die Kollegen Brückner und Schulle kicken jeden Sonntag in Altona. Ich werd mich da mal anmelden. Die haben gesagt, sie könnten noch einen guten Innenverteidiger brauchen.«

»Genau!«, ruft der Schulle aus dem Nebenzimmer. »Einen *guten* Innenverteidiger!«

»Sag ich doch!«, bellt der Calabretta.

Ich kann den Brückner lachen hören, und der Calabretta sagt: »Schnauze, da hinten.«

Manchmal hab ich das Gefühl, die arbeiten hier in so einer Art Männerpension.

»Heute Vormittag war Verhandlungsbeginn im Mädchenhändlerprozess, oder?«

»Ja«, sage ich, »die Anklage liegt auf dem Tisch. Morgen sind die ersten Frauen mit ihren Aussagen dran. Ich hoffe, dass die nicht einknicken. Aber das kann ich mir nicht vorstellen. Ich denke, das wird alles nach Plan laufen. Sie haben da ja auch astreine Arbeit abgeliefert, Calabretta.«

»Mit Ihnen zusammen, Riley«, sagt er. Er beugt sich ein Stückchen zu mir. »Und wir kriegen das auch in Zukunft hin, auch ohne den Faller. Machen Sie sich da mal keine Sorgen.«

»Ich mach mir keine Sorgen«, sage ich.

»Doch«, sagt der Calabretta. »Machen Sie.«

Ich stehe auf, gehe zum offenen Fenster und zünde mir eine Zigarette an.

Der Calabretta rollt wieder auf seinem Stuhl hin und her.

»Was macht unser alter Freund eigentlich? Sitzt er noch an seinem Leuchtturm?«

»Er sitzt da noch«, sage ich. »Er sitzt da und angelt.« Ich blase Rauch zum Fenster raus.

»Wieso angelt der denn jetzt plötzlich?«

»Tut ihm gut«, sage ich.

»Vaffanculo«, sagt der Calabretta und lässt seinen Kopf auf die Tischplatte fallen.
Ich ziehe an meiner Zigarette. Vaffanculo.
»Was heißt das?«, frage ich.
»Geh und mach's in deinem Arsch.«
Ich finde, das ist ein sehr gutes Schimpfwort. Der Calabretta hat absolut recht damit, das oft und gerne zu benutzen. Schnell, billig, und macht satt.
»Wie geht's Carla?«, fragt er.
Ich hab's dem Brückner erzählt. Und der Brückner hat's dann wohl dem Calabretta erzählt.
Ich schmeiße meine Kippe aus dem Fenster.
»Das«, sage ich, »ist vaffanculo hoch drei.«

*

Carla lehnt im Eingang und raucht. Sie hat ihr Café tatsächlich wieder aufgemacht. Ich hab kein gutes Gefühl dabei. Irgendwas an ihrer Tapferkeit ist nicht richtig.
Sie trägt eine schwarze, strenggeschnittene Hose und ein schwarzes T-Shirt. Ihre Haare hat sie mit einem schwarzen Kopftuch zurückgebunden, ihre Augen extrem dunkel geschminkt. Sie sieht aus wie die Stadtguerilla. Als sie mich kommen sieht, winkt sie, und sie lächelt auch ein bisschen, aber ihr Blick bleibt düster.
»Hey«, sage ich.
»Hey«, sagt sie und umarmt mich. Sie ist dünn geworden. Ihr Rücken ist ganz knochig.
»Bist du okay?«, frage ich.
»Geht schon«, sagt sie.

Die Tische auf dem Gehsteig sind fast alle besetzt. Drinnen sitzt keiner.
»Krieg ich 'n Kaffee?«
»Klar«, sagt sie. Wir gehen rein.
Sie schlüpft hinter den Tresen und hantiert an der Kaffeemaschine.
»Sag mal, Carla, du warst aber noch nicht wieder im Keller, oder?«
Sie schüttelt den Kopf.
»Nee«, sagt sie, »da will ich auch nie wieder rein. Am liebsten würde ich das Loch zumauern.«
»Soll ich dir deine Vorräte da rausholen?«, frage ich.
»Hat Klatsche mir schon angeboten«, sagt sie, »der wollte heute Abend vorbeischauen und das regeln.«
»Ach«, sage ich.
»Hat er dir das nicht erzählt? Ich dachte, ihr kommt dann zusammen.«
»Nee«, sage ich, »hat er mir nicht erzählt.«
Kuck an. Mein Freund und armer Frauen Helfer.
»Ich hab vorhin bei der Tante angerufen, die meine Aussage aufgenommen hat«, sagt Carla. »Ich glaub, die haben sich da noch gar nicht drum gekümmert. Sie sagte nur, sie hätten ja ein paar Spuren aus meinem Keller, und die hätten sie durch den Computer gejagt, durch die Datei mit den Sexverbrechern, aber da hätte es leider keine Übereinstimmung gegeben. Das ist doch Scheiße.«
Sie stellt mir einen Espresso hin, Zucker und ein Kännchen mit heißer Milch.
»Wir waren doch erst am Freitag da«, sage ich, »und heute ist Montag. Die haben 'ne Fahndung rausgege-

ben und deinen Keller gefilzt, und jetzt ermitteln sie. Das dauert ein bisschen. Und übers Wochenende ist da wahrscheinlich nicht viel gelaufen.«
»Wieso nicht?!«
Sie ist sofort auf hundertachtzig.
»Weil die wie alle unterbesetzt sind und gerade im Sommer auch mal Ferien machen«, sage ich. Auf die Kripo lasse ich nichts kommen.
»Auf wessen Seite stehst du eigentlich?«
Ihre Augen blitzen.
»Immer auf deiner«, sage ich. »Das weißt du.«
»Würdest du auf meiner Seite stehen, dann würdest du da jetzt anrufen und Druck machen.«
»Ich kann da keinen Druck machen«, sage ich. »Ich hab denen nichts zu sagen. Das fällt nicht in meine Zuständigkeit.«
»Zuständigkeit?«, fragt sie. »So was interessiert dich doch sonst auch nicht.«
»Ich pfusche niemandem in seine Arbeit«, sage ich.
Carla dreht sich um und haut auf die Kaffeemaschine. In ihrem Nacken türmt sich eine Welle aus Wut.
»Carla …«, sage ich.
»Schon gut«, sagt sie leise, »ist schon in Ordnung.«
Sie dreht sich um und sieht mich an, und ich sehe, dass gar nichts in Ordnung ist.

*

Als ich mich auf den Weg nach Hause mache, hängt die Sonne als roter Ball über Sankt Pauli, sie ist ganz knapp davor, hinter die Häuser zu fallen. Es ist kurz

vor neun. Ich war noch in der Staatsanwaltschaft und hab mich auf morgen vorbereitet. Ich bin die Zeugenaussagen wieder und wieder durchgegangen, Satz für Satz. Wenn die Mädchen das, was sie bei ihrer Vernehmung gesagt haben, nur annähernd so wiederholen, sieht es wirklich übel aus für die Herren Zuhälter.
Es ist ein lauer Abend, und auf den Straßen brüllt das Leben. Sankt Pauli wirkt wie ein großer Haufen von Freunden, überall Geplapper, Gelächter, Musik.
Ich hätte Lust, ein Bier zu trinken. Ich klingele bei Klatsche. Er ist nicht da. Ich hole mein Telefon raus und rufe ihn an. Es dauert ein bisschen, bis er rangeht.
»Hey, Riley«, sagt er.
»Trinkst du noch ein Bier mit mir?«, frage ich.
»Die Frage ist«, sagt er, »ob du noch ein Bier mit mir trinkst, Baby.«
Im Hintergrund läuft Stimmengewirr und Musik. Es hört sich an, als wäre er in einem dieser verdammten Beach-Clubs.
»Wo bist du?«, frage ich.
»Am Strand«, sagt er. »Carla ist auch da. Kommst du?«
In den letzten Tagen habe ich immer öfter das Gefühl, ein Idiot zu sein. Und immer öfter haben Carla und Klatsche etwas damit zu tun.
»Ich muss morgen früh raus«, sage ich, und: »Grüß schön«, und dann lege ich auf.
Ich wusste, dass es irgendwann schiefgeht.

Sie war eine gute Schwimmerin. Sie ging dreimal die Woche schwimmen. Sie war schnell, sie hatte Ausdauer, sie konnte tauchen. Es machte ihr so viel Spaß. Und dann war da noch dieser Junge. Der hatte rote Haare und Sommersprossen. Wenn er im Schwimmbad war, machte es noch mehr Spaß.
Das Duschen machte auch mehr Spaß als früher. Es war schön, sich die Haare zu waschen, sie zu kämmen und zu föhnen. Sich die Haut einzucremen und dann in frische, duftende Unterwäsche zu schlüpfen. Manchmal, wenn sie allein in der Umkleidekabine war, tuschte sie sich sogar heimlich die Wimpern.
Eines Tages, als sie gerade unter der Dusche stand und das warme Wasser ein bisschen länger als nötig an sich runterlaufen ließ, spürte sie plötzlich, dass jemand da war. Dass ihr jemand zusah, ganz genau hinsah. Sie machte die Augen auf.
In der Tür zur Mädchendusche stand der Bademeister. Er stand da, und er sah sie an, als würde sie ihm gehören.
Sie wollte ihm sagen, dass er weggehen soll, aber sie brachte kein Wort raus. Sie griff schnell nach ihrem Handtuch und hielt es vor ihren Körper.
Hör mal, du, sagte der Bademeister. Nicht immer so lange duschen, ja?

Der Tschabo

Sie ist vor zwei Wochen achtzehn Jahre alt geworden. Als wir sie aus dem Hinterhofpuff in der Großen Freiheit geholt hatten, war sie ein Bündel aus Angst, zu engen Klamotten, bunten Stiefeln, billiger Schminke und schlecht verheilten Platzwunden. Jetzt ist die Schminke weg, sie trägt Jeans und Turnschuhe und ein blaues T-Shirt mit weißen Blumen. Sie ist wieder ein junges Mädchen. Und so wirkt das, was sie erzählt, noch viel brutaler, viel gemeiner, als es eh schon ist.

Sie war sechzehn, als die Typen sie von zu Hause weglockten, ihr einen vom Pferd erzählten, vom goldenen Westen, von den Unsummen, die sie dort verdienen könnte. Schon als Kellnerin oder Tänzerin wäre man nach zwei Jahren reich. Es wäre dann überhaupt kein Problem für sie, sagten sie, ihre Familie in Rumänien zu ernähren. Und, man weiß es ja nicht, aber so wie sie aussähe, wäre vielleicht eine Modelkarriere drin.

Sie sagt heute, sie war dumm. Sie sei doch viel zu klein für ein Model. Ich glaube nicht, dass sie dumm

war. Sie war nur jung, und zu Hause gab's keinen Vater, dafür aber eine saufende Mutter, drei kleine Brüder und eine halbtote Oma. In Hamburg gab's dann erst mal Schläge und Dauervergewaltigung. Zwei Wochen lang wurde sie zurechtgeritten. Danach wollte sie nicht mehr leben, sagt sie. Danach machte sie alles. Es war ihr egal. Das Gefühl für Körper und Seele und Gerechtigkeit war weg. Sie schaffte im Schnitt zehn Freier pro Tag, von dem Geld sah sie keinen Pfennig. Sie schlief und lebte in dem Kabuff, in dem auch die Freier zu ihr kamen, draußen war sie in den zwei Jahren ihrer Gefangenschaft nur viermal, unter Aufsicht. Sie wusste nicht, dass sie da hätte um Hilfe schreien können. Die Männer hatten ihr gesagt, in Deutschland würden Frauen, die als Prostituierte arbeiten, in Lager gesteckt.
Während sie erzählt, klingt ihre Stimme, als würde sie gar nicht von sich erzählen. Als wäre all das einer anderen passiert.
Ich glaube, das ist sehr vernünftig.

*

Es sticht ein bisschen in der Herzgegend, als ich Klatsche sehe. Aber es überrascht mich nicht, dass er hier ist. Ich hatte damit gerechnet, dass er bei Carla rumhängt.
»Hey, Baby«, sagt er und nimmt meine Hand.
»Nenn mich nicht Baby«, sage ich und ziehe meine Hand weg.
Er zieht die Augenbrauen hoch und sagt:

»Was ist denn jetzt los? Zurück auf Anfang?«
Ich weiß nicht, was ich sagen soll. Carla kommt aus der Küche und gibt mir einen Kuss auf die Wange.
»Hey«, sagt sie. »Warum biste denn gestern nicht mehr zu uns an den Strand gekommen?«
Ich weiß schon wieder nicht, was ich sagen soll. Wäre ich bloß hier weggeblieben. Man kann ja auch einfach mal woanders seine verdammte Mittagspause verbringen. Carla sieht mich einen Tick länger an als üblich. Ich glaube, sie hat gerade gemerkt, was hier los ist.
»Wir reden später, okay?«, sagt sie und legt mir die Hand auf die Wange.
»Okay«, sage ich.
»Willst du was essen?«, fragt sie.
Es ist viel los, das Café ist gerammelt voll. Ich hab Hunger. Aber ich will nicht nerven.
»Kann ich in die Küche gehen und mir was machen?«, frage ich.
»Klar«, sagt sie und lächelt mich an, warm und weich und so, wie Carla eben lächelt, wie sie immer gelächelt hat, bevor diese Scheiße passiert ist.
Ich mache mich auf den Weg in die Küche. Klatsche hebt die Hände und schüttelt den Kopf. Dann rutscht er von seinem Barhocker und geht mir nach.
»Was ist los?«, fragt er.
Ich antworte nicht und mache den Kühlschrank auf. In der Tür steht eine offene Flasche Weißwein. Ich hole sie raus, nehme mir ein Glas, gieße es ordentlich voll und nehme einen Schluck. Klatsche packt mich am Unterarm.
»Was ist los mit dir, Chastity Riley?«

Ich würde gerne sagen, dass ich nicht genau weiß, was los ist, aber dass es weh tut, ihn zu sehen, und dass es genauso weh tut, ihn nicht zu sehen, und dass ich glaube, dass unsere Geschichte am Ende ist. Das kann ich natürlich auf keinen Fall sagen. Dann müsste ich ja was erklären. Ich sage:
»Nichts ist los.«
»Du bist zickig«, sagt er. »Du bist nie zickig.«
»Ich hab nur gerade keinen Bock auf die Pärchennummer«, sage ich, und ich könnte mich ohrfeigen dafür, dass ich ausgerechnet so was sage.
»Und ich hab keinen Bock auf blöde Spielchen«, sagt er. »Das passt nicht zu uns. Wir waren immer ehrlich miteinander, falls du dich erinnerst.«
Ich sehe ihn an und muss jetzt sehr aufpassen, dass mir nicht die Tränen in die Augen schießen. Ich verstehe überhaupt nicht, was hier passiert. Ich kenn mich mit dem Liebesscheiß nicht aus. Ich spüre einen Stich in der Brust. Ich glaub, mein Herz bricht gerade. An einer der wenigen Stellen, die noch einigermaßen intakt sind.
Klatsche schüttelt wieder den Kopf und sagt:
»Ach, leck mich doch, Chastity.«
Dann geht er zurück nach vorne in den Laden. Ich nehme mein Weinglas und gehe mit. Ich weiß nicht, was ich sonst machen soll.
Kurz hinter der Theke bleibt Klatsche plötzlich stehen, ich renne ihn fast über den Haufen.
Rocco Malutki ist wieder da. Er sitzt an der Theke, er himmelt Carla an, und die reagiert nicht drauf.
Es ist, als wäre er nie weg gewesen.

»Malutki, du alter Spinner!«
Klatsche nimmt Kurs auf seinen alten Freund. Rocco und er haben sich im Knast kennengelernt. Klatsche hat wegen seiner Einbrüche gesessen, Rocco wegen irgendeiner ausgefuchsten Betrügerei. Rocco Malutki ist ein klassischer Tschabo. So ein Typ, der gut aussieht, aber man weiß eigentlich gar nicht, warum, und der meistens in Begleitung schöner Frauen ist – aber auch hier weiß man nichts Genaues, wer diese Frauen sind, in welchem Verhältnis er zu ihnen steht, was da überhaupt abgeht. Und er ist schlau. Er hatte die Idee, dass Klatsche einen Schlüsseldienst aufmachen muss, so gut wie der an verschlossenen Türen ist. Klatsche sagt, ohne Rocco würde er immer noch einen Bruch nach dem nächsten durchziehen und alle paar Jahre im Bau landen. Rocco rutscht von seinem Barhocker und breitet die Arme aus. Er trägt eine alte Nadelstreifenhose, die ihm ein bisschen über die knochigen Hüften rutscht, ein weißes Unterhemd, weiße Turnschuhe und eine von diesen sizilianischen Schlägermützen, wie sie Robert de Niro als junger Vito Corleone aufhatte. Seine hellbraunen Locken ringeln sich unter der Kappe hervor, sein Bart ist ein bisschen zu fusselig für einen ordentlichen Dreitagebart, und wenn er lacht, sieht man die schmalen Lücken zwischen seinen langen Schneidezähnen, das wirkt extrem verschlagen. Er ist ein Herz von einem Gauner. Und er kann Musik machen wie ein Engel. Er spielt Klavier, Saxophon und Gitarre. Er besitzt kein einziges dieser Instrumente. Offiziell, weil er dagegen ist, Sachen zu besitzen. Die Wahrheit ist, dass er sich

nicht mal eine Blockflöte leisten könnte. Rocco Malutki ist arm wie eine Kirchenmaus.
Seine Mutter war eine Berühmtheit, eine Kiezgröße, die schönste Hure von allen, und sie hat tatsächlich nie einen Zuhälter gehabt. Sie hatte zum Teil spanische Vorfahren, zum Teil argentinische, sie wusste es selbst nicht so genau. Sie war dunkel und wild und ließ sich von niemandem etwas sagen. Als sie mit Mitte dreißig schwanger wurde, gab sie ihren Job auf und eröffnete ein kleines Café auf der Reeperbahn. Den Laden führte sie bis zu ihrem Tod vor ein paar Jahren. Das Café war ein wichtiger Kieztreffpunkt gewesen, und Rocco hätte es übernehmen sollen. Aber leider saß er gerade mal wieder für ein paar Monate im Knast, als seine Mutter starb, und für diesen Fall hatte sie nicht vorgesorgt. Sie hat sich nie eingestanden, dass ihr Sohn leicht in Schwierigkeiten gerät.
Roccos Vater war ein polnischer Musiker. Er spielte Violine im Orchester der Hamburgischen Staatsoper. Als er eines Tages spurlos verschwand, war Rocco gerade mal ein paar Monate alt. Roccos Mutter ließ sich daraufhin nie wieder mit einem Mann ein, aber sie verlor auch kein böses Wort über den Geiger. Auf Sankt Pauli wird sie heute verehrt wie eine Heilige.
Wovon Rocco eigentlich lebt, weiß nicht mal er selbst so genau. Ein bisschen vom Ruhm seiner Mutter, ein bisschen von seiner Musik, dann noch hier und da irgendein Deal, und dass das Schlitzohr so schlau ist und so verdammt gut aussieht, schadet sicher auch nicht.

Irgendwie mochte ich ihn schon immer.
»Alter«, sagt Klatsche, »wie war's in Berlin?«
»Langweilig«, sagt Rocco und schiebt seine Mütze ein Stück nach hinten.
Er sieht ein bisschen fertig aus um die Augen. Das haben alle, die eine Weile in Berlin waren. Die Hauptstadt scheint müde zu machen.
Die beiden umarmen sich.
Ich würde Rocco auch gerne in den Arm nehmen, hab aber keine Lust, weiter so blöd hinter Klatsche herzudackeln, und so bleibe ich noch blöder im Türrahmen stehen.
»Chastity, alte Staatskanone, lass dich küssen!«
»Hey, Rocco«, sage ich, reiße mich am Riemen und gehe doch zu ihm.
»Wie geht's dir?«, frage ich.
»Schlecht«, sagt er, und er legt ein herzzerreißendes Gesicht auf, »ich leide. Da bin ich ein ganzes Jahr weg, in der kalten großen Stadt, und ich schaue keine einzige Frau an, weil ich nur an deine wunderschöne Freundin Carla denken kann, und dann komme ich zurück und schmeiße mich vor ihr in den Hamburger Staub, und sie ist kaltherzig und gemein wie eh und je.«
Carla steht mit spitzen Augenbrauen hinterm Tresen und sortiert Kaffeetassen in die Spülmaschine. Ich zünde mir eine Zigarette an und versuche zu lächeln. Mann, Rocco Malutki, was willst du von mir? Bin ich jetzt auch noch für die Gefühle anderer zuständig? Ich weiß doch nicht mal, in welchem Fach ich meine eigenen ablegen soll.

»Ich muss telefonieren«, sage ich, gehe vor die Tür und rufe den Calabretta an.
»Chastity«, sagt er, »schön, dass Sie anrufen.«
»Wie läuft's denn so?«, frage ich.
»Wir stochern so was von im Scheißnebel rum«, sagt er, »das glauben Sie nicht.«
Was für ein blöder Tag. Ich wische mir den Schweiß von der Stirn. Jetzt ist das auch noch so verdammt schwül. Wird Zeit, dass es mal wieder regnet.

Sie stand mit ein paar Freundinnen am Autoscooter und kuckte. Machten alle so. Da waren zwei Jungs, die fuhren besonders wild. Rummsten sich ordentlich an und so. Der eine lächelte immer, wenn er an ihr vorbeibretterte. Irgendwann lächelte sie zurück. Sie fand ihn süß. Er stieg aus und kaufte ihr Zuckerwatte. Er spazierte mit ihr über den Rummelplatz. Er spendierte eine Runde im Riesenrad. Er war schon neunzehn. Als das Riesenrad für eine Weile anhielt, ganz oben, fing er an, sie zu küssen. Fasste ihr unter den Pulli. Das war nicht schlimm, aber es ging ihr ein bisschen fix. Dann war plötzlich seine Hand in ihrer Hose. Sie wollte das nicht, schob die Hand weg. Er ließ sich nicht wegschieben. Die Hand blieb, wo sie war. Er sagt: Stell dich nicht so an. Ich will doch nur schnell mal ficken.

Vaterfiguren

Über Nacht ist eine Wolkenfront aufgezogen. Die Elbe sieht kalt und schmutzig aus. Finster, schlecht gelaunt und aufgewühlt.
»Der war noch jung«, sagt der Calabretta.
»Maximal Mitte zwanzig«, sagt der Brückner.
Wir stehen zu dritt um die Leiche rum und warten wieder mal auf die Spurensicherung. Die beiden Kollegen von der Streife haben die kleine Werft mit rotweißen Plastikbändern abgesperrt.
Der Werftarbeiter, der die Leiche gefunden hat, ist zusammengeklappt. Er wird zu Hause von einem unserer Psychologen betreut. Endlich ein normaler Zeuge.
Das Gesicht des Toten wirkt irgendwie elegant, fast sogar arrogant. Dazu passen die gepflegten, feinen Hände. Die hellblonden Haare sind vorne etwas länger als hinten, das war wohl eine Frisur, bei der man die Haare mit einem Produkt aus der Stirn streichen muss. Er trägt ein hellblaues Ralph-Lauren-Hemd und eine von diesen Jeans, die nicht unter zweihundertfünfzig Flocken zu haben sind. Der Junge sieht aus, als hätte er keine Geldsorgen gehabt.

Und er ist in einem Stück zu uns gekommen.
Ich schaue zum Himmel. Die Wolken rutschen immer tiefer. Der Wind bläst ordentlich. Der Hamburger Sommer ist zurück. Ich hätte meinen Trenchcoat mitnehmen sollen.

*

»So«, sagt der Hollerieth, klappt seine Akte auf und streicht das Papier glatt. Er hat den Platz an der Stirnseite besetzt, und seinem Gesichtsausdruck nach hat er vor, gleich ordentlich den Dicken zu machen. Sein Rücken ist ganz offensichtlich wieder in Ordnung. Zumindest sitzt er völlig entspannt auf seinem Stuhl. Und den verkrampften Zug um den Mund hat er ja immer.
Ich sitze zwischen dem Calabretta und dem Brückner, der Schulle ist nicht da, der geht mit den Fotos unserer neuesten Wasserleiche sämtliche Kripodateien durch. Bei den Vermissten kann unser Mann noch nicht abgelegt worden sein, dafür war er insgesamt zu gut in Schuss, und er sah noch zu frisch aus.
Herr Borger lutscht ein Eis am Stiel. Betty Kirschtein blättert in einer Zeitung.
»So«, sagt der Hollerieth noch mal.
»Ja«, sagt der Calabretta, »wie sieht's denn aus? Haben wir was?«
»Nicht viel«, sagt der Hollerieth. »Keine Papiere, keine Kreditkarten. Nur ein bisschen Bargeld.«
»So weit waren wir auch schon«, brummt der Brückner. Der Hollerieth ist sofort beleidigt, klappt seine

Akte zu und schaut aus dem Fenster. Der Calabretta wirft dem Brückner einen flehenden Blick zu.
»'tschuldigung«, sagt der Brückner.
Der Hollerieth verzieht die Mundwinkel und schenkt noch einen Moment dem Fenster seine Aufmerksamkeit, dann wendet er sich uns wieder zu.
»Er lag da noch nicht lange drin«, sagt er.
»Hatten die Krebse noch nicht angebissen?«, fragt der Calabretta.
»Keine Krebse auf der Leiche«, sagt der Hollerieth. »Und auch sonst ist der Mann ziemlich unversehrt. Ich könnte mir vorstellen, dass er gestern Abend noch am Leben war. Was meinen Sie, Frau Kirschtein?«
»Bingo«, sagt sie. »Todeszeitpunkt war so zwischen Mitternacht und zwei Uhr. Die Leiche lag maximal vier, fünf Stunden im Wasser.«
»Wie ist er gestorben?«, frage ich.
»Genau wie die beiden Jungs, von denen wir nur ein paar Stücke haben«, sagt sie. »Gezielter Schlag oder Tritt unters Nasenbein, rein ins Hirn damit und ab dafür.«
»Wir haben es also vermutlich mit dem gleichen Täter zu tun?«, fragt der Calabretta.
»Das wäre dann ja Ihr Job, sich das zu überlegen«, sagt sie.
Der Calabretta zuckt minimal zusammen. Außer mir hat das niemand bemerkt. Aber er hat gezuckt.
Mensch, Betty.
»Herr Borger?«, frage ich.
Er hat sein Eis aufgegessen und kaut auf dem Holzstiel rum.

»Wenn es sich hier um ein und denselben Täter handelt«, sagt Herr Borger, »dann wird der gerade entweder unvorsichtig oder nervös.«
»Worauf tippen Sie?«, frage ich.
»Nervös«, sagt er. »Wir hatten ja keine Pressesperre verhängt. Die beiden ersten Funde sind die letzten Tage rauf und runter genudelt worden. Und weil die Pakete so gründlich und sauber gepackt worden sind, glaube ich nicht, dass der Täter ohne Grund nachlässig wird. Für mich hört sich das so an, als wäre da jemand ziemlich überrascht, dass die Leichenteile gefunden wurden. Die sollten für immer verschwinden. Weil das nicht geklappt hat, ist jetzt plötzlich Hektik ausgebrochen. Und da wurde die Leiche eben ohne große Fisimatenten ins Wasser geschmissen, gleich hinter der ersten Brücke im Freihafen. Wenn sich das Zerschneiden und Verpacken und Verschwindenlassen eh nicht mehr lohnt ...«
Er legt den Holzstiel weg und nimmt seine Brille ab.
»Wieso mussten die Männer sterben?«, frage ich. »Haben Sie irgendeine Idee, warum unser Täter mordet? Die Schlagzahl ist ja ganz amtlich.«
»Ich habe keine Ahnung«, sagt er. »Ich glaube aber, dass das Töten und das Zerstückeln nichts miteinander zu tun haben. Das passt nicht zusammen, die Art, wie die Männer sterben, und das, was mit den ersten beiden gemacht wurde. Das Töten scheint mir affektiv zu laufen, körperlich, schnell, wie in einem kurzen, heftigen Zweikampf. Und die Überreste der Leichen sind dann plötzlich so clean, da wird mit Maschinen gearbeitet, sachlich und routiniert. Ich lehne

mich jetzt ein bisschen aus dem Fenster, aber ich behaupte mal: Wir haben es mit zwei Tätern zu tun. Die sind sehr unterschiedlich, aber irgendwas verbindet sie auch.«

Ich muss an die Streifenpolizistin denken, die auch so was in der Art gesagt hat. Cleveres Mädchen.

»Männerhass?«, fragt der Hollerieth und macht dabei ein Gesicht, als hätte er gerade einen heißen Einlauf bekommen.

Betty Kirschtein verdreht die Augen.

»So weit würde ich nicht gehen«, sagt Herr Borger. »Dann hätten wir schwer misshandelte Opfer in der Pathologie liegen. Bei Hass wird ja immer gequält. Unsere Toten wurden kurz und schmerzlos zur Strecke gebracht. Aber trotzdem geht es natürlich offenkundig gegen Männer.«

»Und an der Leiche von heute morgen war dann nur einer von beiden beteiligt?«, fragt der Calabretta. »Und der Zerstückelungsspezialist war verhindert? Oder wie müssen wir uns das vorstellen?«

Herr Borger setzt seine Brille wieder auf, zieht eine Schnute und sagt: »Spekulation.«

»Leute«, sagt der Calabretta und wischt sich mit beiden Händen übers Gesicht. »Wir haben absolut nichts, an dem wir uns festhalten können. Und wir haben drei tote Männer innerhalb einer Woche. Es wird langsam eng.«

»Okay«, sage ich, »dann schlage ich vor, wir fahren jetzt mal großes Geschütz auf, egal, was das kostet. Holen Sie sich einen Trupp von Kollegen ran, Calabretta, und lassen Sie sämtliche Kliniken und Schlachtereien der Stadt filzen, jeden Ort, an dem so was wie eine Knochensäge stehen könnte. Und wenn Ihren Leuten irgendwas komisch vorkommt, rufen Sie an, ich besorge dann sofort einen Durchsuchungsbeschluss. Außerdem: Müllkippen auf den Kopf stellen und auch noch mal Taucher durch die jeweiligen Hafenabschnitte schicken. Wir brauchen die Körper von Pantelic und Rost.«

»Bene«, sagt der Calabretta. »Das bringt ein bisschen Bumms in die Sache.«

Die Tür geht auf, der Schulle kommt rein. Er hat ein paar Fotos aus der erkennungsdienstlichen Abteilung in der Hand.

»Wir haben ihn«, sagt er.

Da bin ich aber mal gespannt, was unser toter Mann ausgefressen hatte.

*

Ich vergesse immer, dass das hier auch Hamburg ist. Und ich kann nicht glauben, dass es so was gibt, dass Leute so wohnen, dass die das wirklich ernst meinen. Ich weiß, dass ein paar von meinen Kollegen aus der Staatsanwaltschaft auch so wohnen, sogar hier auf der Ecke, aber ich würde im Traum nicht drauf kommen, in eine solche Gegend zu ziehen. Das ist doch pervers. Der Calabretta kurvt ein paarmal um den Innocentiapark und hält dann fluchend in der zweiten Reihe. Auch der Junge aus St. Georg kann seine Abscheu kaum verbergen.

»Scheiß Pfeffersäckehausen«, sagt er, »geht mir das

gegen den Strich hier. Überfluss bis zum Abwinken, aber keine Parkplätze für die Polizei.«
Er ist richtig sauer. Geht ja immer so schnell in die Luft, mein neapolitanischer Kollege.
»Ruhig Blut«, sage ich, »nicht wegen dem bisschen Geprotze hier die Nerven verlieren.«
Wenn die beiden älteren Herrschaften gleich erfahren, dass ihr Sohn nie wieder zusammen mit ihnen am Mahagoni-Esstisch sitzen wird, brauchen sie einen ausgeglichenen Kommissar vor sich und keinen Wüterich. Denn danach werden sie arm sein, egal, wie viel Geld sie haben.
Wir gehen an einer schick frisierten Hecke entlang und bleiben vor einem mannshohen schmiedeeisernen Tor stehen. Links über unseren Köpfen hängt eine Kamera. Vor unserer Nase kleben ein goldener Klingelknopf und ein goldenes Schild. Auf dem Schild steht *von Lell*. Ich drücke auf die Klingel, der Calabretta zückt schon mal seinen Ausweis.
»Ja, bitte?«
Die Gegensprechanlage klingt sauber wie ein CD-Player.
»Kripo Hamburg«, sagt der Calabretta und hält seinen Ausweis in die Kamera. »Dürfen wir kurz reinkommen?«
Es summt und klickt, und das Tor schwingt auf.
Vor uns schlängelt sich ein Weg aus dunkelgrauen Kieselsteinen bis zu einer hellgrauen, dreistöckigen Villa. Auf der Fassade ist edler weißer Stuck verteilt. Links und rechts von uns liegt ein braver Rasen, auf dem humorlos zurückgeschnittene Rosen stramm-

stehen. In der Haustür steht ein Mann in einer grauen Hose, einem weißen Hemd und einem dunkelblauen Pullunder. Der Mann sieht aus, als hätte er sein Leben lang Geschäfte mit den Russen gemacht. Sein Blick ist herzlos.

Der Calabretta stellt uns vor. Herr von Lell verzieht keine Miene. Ich frage, ob wir kurz reinkommen dürfen. Herr von Lell mustert uns, nickt, tritt zur Seite. Der Calabretta will wissen, ob Frau von Lell denn auch da sei. Nein, die ist beim Bridge. Ich schmeiße fast eine Vase um. Entschuldigung.

Der alte Mann setzt sich gleich hinter der Haustür auf einen Sessel, wir bleiben stehen, was aber auch gar nicht anders geht, denn für uns sind keine Sessel da.

»Wir müssen Ihnen eine traurige Nachricht überbringen«, sagt der Calabretta.

Ich glaube, Herr von Lells rechte Augenbraue hat sich gerade ein Stück nach oben bewegt.

»Es geht um Ihren Sohn Hendrik«, sage ich.

Jetzt zuckt die Augenbraue.

»Hendrik lebt nicht mehr. Er wurde ermordet.«

Er schließt die Augen und faltet die Hände im Schoß. Dann macht er die Augen wieder auf und sieht zuerst mich an und dann den Calabretta.

»Wie?«, fragt er.

»Vermutlich wurde er erschlagen«, sagt der Calabretta. »Er war sofort tot. Er hat nicht gelitten.«

Herr von Lell nickt. Er hört nicht auf, uns anzusehen, und sein Blick hat sich in den letzten fünf Minuten, seit er uns die Tür aufgemacht hat, nicht groß verändert. Er reagiert so sparsam auf die News, dass ich mir nicht sicher bin, ob er begriffen hat, wovon wir reden.

»Wir informieren Sie, sobald die Leiche Ihres Sohnes freigegeben ist«, sagt der Calabretta.

»Wenn Sie das bitte über den Anwalt der Familie regeln würden«, sagt Herr von Lell und hält dem Calabretta eine Visitenkarte hin. Rausschmiss.

»Wir müssen Ihnen leider noch ein paar Fragen stellen«, sagt der Calabretta.

Herr von Lell nickt und überkreuzt die Beine.

Der Calabretta stellt die üblichen Fragen nach Freunden und Feinden, ob Hendrik sich in letzter Zeit verändert hätte und mit wem er gestern Abend wo unterwegs gewesen sein könnte. Herr von Lell sagt zu alldem nur:

»Mein Sohn und ich hatten keinen guten Kontakt zueinander.«

»Aber er hat doch hier gewohnt?«, frage ich.

Herr von Lell nickt. Meine Güte. Wie muss das sein, mit dem unter einem Dach zu leben. Da hab ich doch lieber keinen Vater als so einen.

»Vor einem halben Jahr hat eine junge Frau Ihren Sohn wegen versuchter Vergewaltigung und Körperverletzung angezeigt«, sage ich.

»Die Ermittlungen wurden eingestellt«, sagt er, und plötzlich sieht er aus wie eine Eidechse. Schmallippig und trocken.

»Ich weiß«, sage ich, »aber ich wüsste gerne, was Sie von der Sache halten.«

»Alles Blödsinn«, sagt er. An seiner Schläfe tritt eine Ader hervor. Die Ader pocht, und das ist mit Abstand

die heftigste Reaktion, die ich bisher von ihm gesehen habe.
»Ich würde Sie bitten«, sagt er, »auch das mit unserem Anwalt zu besprechen. Darf ich Sie jetzt hinausbegleiten?«
Eindeutiger Rausschmiss.
»Nicht nötig«, sage ich, »wir finden die Tür.«
Als wir wieder draußen sind, spüre ich, wie meine Schultern sich entspannen und wie die frostige Starre in meinem Nacken sich langsam auflöst.
»Das war knapp«, sagt der Calabretta.
»Verdammt knapp«, sage ich.
Um ein Haar wären wir erfroren.
Ich zünde mir eine Zigarette an.
»Haben wir noch Zeit für einen schnellen Kaffee?«, fragt der Calabretta.
Meine Uhr sagt: Nein. In fünfzehn Minuten ist Pressekonferenz im Präsidium.
Meine innere Leopardin sagt: »Das schaffen wir.«

*

In der Mitte sitzt unser Pressesprecher, links von ihm sitzt der Calabretta, rechts sitze ich, auf den Stühlen davor sitzen die Herrschaften von der Presse. Wir sind fast durch mit der Nummer. Ich hab das Gefühl, dass alle Fragen gestellt sind.
»Dann war's das?«, fragt unser Pressesprecher und schaut in die Runde.
Mir brummt der Schädel. Ich muss dringend an die frische Luft, eine rauchen.

In der dritten Reihe, auf dem vierten Stuhl von links sitzt ein dünner Typ in einem merkwürdigen Achtziger-Jahre-Look. Er trägt ein helles Jackett mit Schulterpolstern, eine zu hoch sitzende Jeans und so eine Art Holzfällerhemd. Er meldet sich. Och nee.
»Gunnar Steiss, vom Bergedorfer Tageblatt«, sagt er.
»Ja, bitte«, sagt unser Pressesprecher.
Der Typ schiebt mit dem Mittelfinger seine Brille ein Stück hoch, so wie Leute ihre Brille hochschieben, die das nicht machen, um besser zu sehen, sondern, um darauf hinzuweisen, dass sie eine Brille tragen. Dass sie wichtig sind. Dann streicht er sich mit der linken Hand die Haare aus dem Gesicht, auch die sind ein verwirrendes Relikt aus dem modisch schlimmsten Jahrzehnt des letzten Jahrhunderts. Blond und flusig, und in der Mitte fallen sie in einer Art Poposcheitel auseinander. Alles in allem erinnert er mich ein bisschen an Robin Gibb. In der rechten Hand hält er einen Stift, den er im gleichen Moment, in dem er sich die Haare zurückstreicht, etwas anhebt, und irgendwie macht der hier eine Riesenwelle, bevor er endlich anfängt, seine Frage zu stellen:
»Frau Riley, mich würde interessieren, hier bei uns in Norddeutschland, wie es sein kann, dass Sie, wo Sie doch zur Hälfte Amerikanerin sind, ist es da nicht wieder und wieder be- und erdrückend, wenn sich zuvorderst der ungeschlacht faulige Bodensatz der Gesellschaft offenbart, hier bei uns in Norddeutschland, sollte man da nicht als Staatsmacht eingreifen und derart mahnend den moralischen Zeigefinger heben, dass schließlich der Bürger stärker in die Pflicht

genommen wird? Ich meine, wo sind wir denn hier bei uns in Norddeutschland?«
Er schiebt seine Brille wieder hoch, aber diesmal nicht mit der Hand, sondern mit der Nase, und dabei entblößt er einen unglaublichen Lattenzaun von Zahnreihe.
Ach du dickes Ei. Ein Provinzfeuilletonist.

*

Die Wolkenfront von heute Morgen ist ein bisschen durchlässiger geworden. An einigen Stellen hat der graue Himmel sogar eine hübsche Rosa-orange-Schattierung. Es ist so gut wie windstill. Das ist hier oft so, gegen Abend. Als wäre das Wetter müde vom Tag.
Der Faller sitzt an seinem Leuchtturm und schaut aufs Wasser. Vielleicht liegt es daran, dass die Stimmung so still ist – die sehen aus wie in einem Bild von Caspar David Friedrich, der Turm und der Mann. Nachdenkliche, absolut deutsche Romantik. Die kleine Landzunge aus Beton, die ins Hafenbecken ragt, fast noch mitten in der Innenstadt, in Spuckweite zum Michel und den anderen Kirchtürmen. Die Barkassen, die an den Landungsbrücken schräg gegenüber auf dem spiegelglatten Wasser liegen. Der felshafte Kaispeicher aus rotem Klinker. Der Freihafen im Hintergrund, mit den Werften und Docks, schwarz, international und rostig. Und vorne auf der Spitze der Landzunge steht der rot-weiß geringelte Leuchtturm, nicht mal zwei Männer hoch. Zu seinen Füßen: der alte Mann und die Elbe. So ist das seit

Monaten, immer das gleiche Bild. Manchmal, wenn das Wetter wild ist, sieht das Bild aus, als würde gleich ein Windjammer ums Eck segeln. Manchmal, wenn die Sonne scheint und alles in Technicolor blinkt, könnte es ein altes Filmplakat mit Hans Albers sein. Und manchmal, an so leisen Tagen wie heute, sind es eben die Kreidefelsen.
Der Faller angelt nicht. Er hört Musik. Er hat einen tragbaren CD-Player neben sich liegen und große silberne Kopfhörer auf den Ohren. Sein Strohhut liegt neben dem Gerät. Aus der Nähe sieht er nicht mehr aus wie eine romantische Figur. Er sieht aus wie ein in einer Raum-Zeit-Schleife gealterter DJ.
»Hey«, sage ich.
Er reagiert nicht. Ich tippe ihm auf die Schulter. Er nimmt die Kopfhörer ab und sieht mich kurz an, dann schaut er wieder aufs Wasser.
»Chastity«, sagt er, und seine Stimme ist so klar und ruhig, als hätte er heute morgen einen Buddha gefrühstückt.
»Wie geht's Ihnen?«, frage ich.
»Gut«, sagt er, »mir geht's gut.«
»Angeln Sie nicht mehr?«, frage ich.
»Angele ich noch?«, fragt er zurück.
»Nein«, sage ich.
»Na also«, sagt er.
Ich setze mich neben ihn auf die Kaimauer. Auch die Hafengeräusche sind heute ungewöhnlich klar. Ganz links ein Puckern, links ein Hämmern, halblinks ein Horn. Da vermischt sich nichts.
»Was hören Sie denn da?«, frage ich.

Er nimmt die Kopfhörer von seinem Schoß und setzt sie mir auf. Hört sich an wie U-Boot-Geräusche.
»U-Boot-Geräusche?«, frage ich.
»Walgesänge«, sagt der Faller. »Ich hab auch noch Vogelstimmen dabei. Möchten Sie die auch mal hören?«
»Nein«, sage ich, »danke.«
Ich gebe ihm den Kopfhörer zurück. Aha. Der Faller hört jetzt also Walgesänge. Wenn's die Seele beruhigt – bitte. Ich hab ja beschlossen, mich da nicht mehr einzumischen. Der Faller wird wissen, was gut für ihn ist. Er lächelt mich an.
»Wir haben schon wieder einen toten Mann«, sage ich.
»Eine ganze Leiche?«, fragt er. »In einem Stück?«
Ich nicke.
»Aber Herr Borger geht vom selben Täter aus«, sage ich, »beziehungsweise von den beiden selben Tätern. Er meint, die wären zu zweit.«
»Hm«, sagt der Faller. »Dann legen die Ladys aber eine ganz ordentliche Taktung vor.«
»Ladys?«, frage ich. »Wie kommen Sie darauf, dass wir es mit Frauen zu tun haben?«
»Näschen«, sagt er und tippt sich an die Nasenspitze. »Bin mir fast sicher.«
»Warum?«, frage ich. »Weil es Männer sind, die sterben?«
»Keine Ahnung«, sagt er, »vielleicht. Aber ich würde mein altes angeranztes Herz dafür verwetten.«
Er sieht mich an. Da ist ein Blitzen in seinen Augen.
»Faller«, sage ich, »planen Sie etwa ein Comeback?«

Er schaut wieder aufs Wasser, zündet sich eine Roth-Händle an und sagt:
»Achten Sie auf die Möwen, Chastity, achten Sie immer gut auf die Möwen.«
Am Himmel über uns sind sie zu fünft unterwegs. Sie gleiten durch die Windstille, und sie sehen aus, als wären sie sehr gemütlich. Bis eine von ihnen Fahrt aufnimmt. Erst zieht sie nach oben, dann stürzt sie nach unten, und zack, zieht sie einen Fisch aus dem Wasser.
Und die anderen vier, die kucken doof.

*

Es ist dunkel, als ich in meine Straße einbiege. Die Lichterketten vor den Cafés und dem Gelötemarkt und dem knallharten Fahrradladen sind aus. Der Kandie Shop feiert heute eine Party im Hafen, da sind sie alle hin. Da haben sie heute alle früher dichtgemacht. Steht auch keiner auf dem Gehsteig und grillt über einer brennenden Mülltonne, so wie sonst. Und an der Ecke, an der meine Straße anfängt, ist es langweilig geworden, seit es die Bar Centrale nicht mehr gibt. In dem Laden hat jetzt eine Cocktail-Bar eröffnet, in der kein Schwein Cocktails trinkt. Hätte ich denen vorher sagen können. Cocktails sind vollkommen überflüssig.
Mir kommt eine alte Frau entgegen. Sie trägt eine graue Hose, einen hellgrauen Blazer und darunter eine noch hellgrauere Bluse. Die Sachen sind tipptopp gebügelt, aber sie haben den einen oder anderen

Fleck. Die Flecken sind entweder schon sehr alt und gehen nicht mehr raus, oder die Frau sieht sie einfach nicht mehr. Sie geht gebückt, schiebt einen von diesen Rollapparaten vor sich her. Am rechten Griff hängt eine schwarze Tüte, auf der Tüte steht in goldener Schrift *Vanity Fair*. Sie bleibt stehen, kuckt erst den Abendhimmel und dann mich an und sagt: »Ach, wie schön. Es schneit. Es schneit ja so selten auf Sankt Pauli.«

Ich sage ihr, dass mich das mit dem Schnee auch sehr freut, und versuche ein möglichst mitleidfreies Lächeln.

Immer wenn ich alte Frauen sehe, die so verloren durch die Stadt laufen, wird mir hundeeinsam zumute. Ich rufe Carla an.

»Hallo?«

»Ich bin's«, sage ich. »Was machst du?«

»Ich gehe spazieren«, sagt sie.

»Wo, mit wem und warum?«, frage ich.

Carla geht nie spazieren.

»Mit Rocco«, sagt sie, »an den Deichtorhallen. Wir suchen die Palmen, weißt du? Diese drei verhungerten Dinger, die da immer auf der Kreuzung stehen, die sind weg, und wir wollten mal sehen …«

»Okay«, sage ich, »okay.«

Ich lege auf. Irgendwie ist mir gerade nicht nach Kitsch. Und das hört sich nach einer verdammt kitschigen Nummer an.

Ich hole mir ein Bier bei dem schlechten Asiaten. Der Laden ist immer voll, da rennen alle hin wie die Bekloppten. Ich kann das nicht verstehen. Ich würde da

nie essen. Schmeckt alles wie ein alter Lappen. Riecht auch so. Aber Bier kann man kaufen.
Als ich mit meinem Bier in der Hand rauskomme, sehe ich, dass bei Klatsche Licht ist. Für einen Moment freue ich mich, dass er da ist, wir könnten ja noch was zusammen trinken, denke ich, und nicht drüber reden. Dann sehe ich ihn durch sein Wohnzimmer laufen, und ich sehe auch das Mädchen, das den Kopf zurückwirft und lacht. Sie sieht süß aus, jung und fröhlich und glockenhell.
Ich kaufe mir ein zweites Bier und sehe zu, dass ich möglichst schnell in meine Wohnung komme. Dann lege ich Johnny Cash auf den Plattenteller und drehe alle Knöpfe auf zehn.

Sie war auf dem Weg zu ihrem Freund. Der studierte in einer anderen Stadt. Sie fuhr mit dem Zug, das machte sie jedes zweite Wochenende. Im Zug war nicht viel los. Es war Winter, es war schon seit einer Stunde dunkel. Sie saß alleine im Abteil und las eine Zeitschrift. Sie saß am Fenster. Gemütlicher. Sie reagierte gar nicht groß darauf, dass die Tür aufging und sich jemand zu ihr ins Abteil setzte, sie war so in ihre Zeitschrift vertieft. Der Typ quatschte sie trotzdem an. Sie war höflich, sah kurz auf und lächelte. Der Typ war widerlich. Er war vielleicht fünfzig, trug einen dunkelblauen Hut und einen schäbigen dunkelblauen Mantel mit speckigem Kragen, da lagen ganz viele Schuppen drauf. Seine Brille sah aus, als wäre sie seit Wochen nicht geputzt worden. Er hatte sich auf den mittleren Platz gesetzt, ihr schräg gegenüber, und er hatte die Beine quer durchs Abteil gestreckt. Hätte sie rausgewollt, hätte sie über ihn drüberklettern müssen. Die Abteiltür hatte er zugemacht. Die Vorhänge waren auch zur Hälfte vorgezogen, sie hatte da vorher gar nicht drauf geachtet. Sie versuchte ihn zu ignorieren und weiterzulesen. Aber er hatte sie die ganze Zeit im Blick, quatschte sie immer wieder an. Sie reagierte nur so viel wie unbedingt nötig.

Irgendwann fing er an, heftig zu atmen, während er sie anstarrte und die Hand in seiner Hose hatte.
Als er fertig war, fragte er sie, ob sie im Zugrestaurant was mit ihm trinken gehen wolle.

Disco

Ich hab mir mal geschworen, nie, aber auch wirklich niemals Filterkaffee in der Gerichtskantine zu trinken. Aber wenn sich der Tag sowieso schon so bitter anfühlt, dann ist es ja auch schon egal. Dann kann man in der Verhandlungspause auch bitteres Zeug in sich reinschütten.
»Becher oder Tasse?«
»Becher«, sage ich.
»Milch und Zucker gibt's an der Kasse.«
»Danke.«
Es schmeckt ekelhaft. Ich setze mich an einen der Tische und rufe den Calabretta an. Er geht nicht ran. Ich klappe mein Telefon zu und lege es vor mir auf den Tisch.
»Ich würde immer rangehen, wenn Sie mich anrufen.«
Ach nee. Der nette Anwalt. Ich sage das nicht nur so, dass der nett ist. Ich meine das ernst. Er ist ein guter Typ. Übernimmt immer hoffnungslose Fälle von armen Leuten. Und manche von denen haut er tatsächlich raus, weil er nicht nur ein netter, sondern auch

noch ein guter Anwalt ist. Was ich aber wirklich unglaublich finde, ist, dass er sich nicht mal darüber ärgert, dass seine Mandanten ihn nie bezahlen können. Ich glaube, der Mann ist einer der letzten lebenden Menschenfreunde. Solche wie der werden eigentlich nicht mehr gebaut.
»Seit wann können Sie sich ein Telefon leisten?«, frage ich.
»Bitte schön, Frau Staatsanwältin«, sagt er, »hier ist Beweisstück A.«
Er zieht ein unglaublich verbeultes altes Nokiateil aus seiner Hosentasche. Auch die werden schon lange nicht mehr gebaut.
»Darf ich mich zu Ihnen setzen?«
»Klar«, sage ich.
Er stellt ein Tablett vor sich auf den Tisch und setzt sich.
Auf dem Tablett steht ein Becher Vollmilchjoghurt, daneben liegt ein Löffel. Sonst nichts. Ich hab das schon mal beobachtet, dass er immer so wenig isst. Ich glaube, er kann sich wirklich nicht mehr leisten.
»Ich spare immer noch auf das Abendessen mit Ihnen«, sagt er und grinst. Er weiß genau, was ich denke, der Schlaumeier.
Er versucht seit Jahren, mit mir essen zu gehen. Und ich kneife seit Jahren. Ich bin einfach nicht der Typ, der sich zum Essen einladen lässt.
Er reißt mit einer entschlossenen Bewegung die Aluminiumfolie von seinem Joghurtbecher, taucht seinen Löffel ein und isst, als wäre es ein vorzüglicher Wildschweinbraten. Das hat was von Peter Pan. Und wie

ich ihn da so sitzen sehe, mit seinen knochigen Schultern in seinem weißen Hemd, mit seinen raspelkurzen dunklen Haaren und den gutmütigen, intelligenten Augen, denke ich: Vielleicht bin ich ja doch der Typ, der sich zum Essen einladen lässt. Vielleicht tut dieses verflixte Bild in meinem Kopf auch nicht mehr so weh, wenn ich mit dem Anwalt essen gehe. Das Bild von gestern Abend, von Klatsche und dem Mädchen. Ich weiß ja, dass er die Finger ab und zu mal an einer anderen hat, aber irgendwie ist es diesmal schlimmer als sonst. Außerdem hab ich's noch nie gesehen.
»Haben Sie das Geld denn inzwischen zusammen?«, frage ich.
»Ich kann jederzeit einen Kumpel anpumpen«, sagt er.
»Okay«, sage ich.
»Okay?«, fragt er. »Okay, wir gehen essen?«
Ich nicke.
»Sie können Ihrem Kumpel Bescheid sagen, dass er die Kohle rausrücken soll.«
»Ich hol Sie heute Abend um acht ab«, sagt er.
Nägel mit Köpfen. Nicht schlecht.
»In Ordnung«, sage ich, »um acht.«
Dann stehe ich auf und versuche es noch mal beim Calabretta. Er geht schon wieder nicht ran.

*

Heute Mittag hatte ich mich noch auf das Abendessen mit dem Anwalt gefreut, und auch vorhin, als er mich zu Hause abgeholt hat, war ich guter Dinge. Warum sollte ich nicht mal einen netten Abend mit einem netten Mann verbringen? Jetzt weiß ich wieder, warum nicht: Das geht einfach immer so was von schief.

Ich kann nicht glauben, in was für einen abartigen Schuppen mich der Anwalt geschleppt hat. Ich kenne das Ding. Aber ich kenne es nur von außen, so wie alle Sankt-Paulianer. Kein Kiezmensch würde hier freiwillig einen Fuß reinsetzen. Der Laden ist ein Fremdkörper, ein Aggressor, vielleicht sogar ein Parasit. Profitiert vom Charme des Viertels, macht seine Umgebung aber allein durch seine Anwesenheit kaputt. Die Kiezbewohner haben das Ding schon gehasst, als noch nicht mal wirklich die Rede davon war, das alte Fabrikgelände zum schicken Restaurant umzubauen. Schon die Idee, da überhaupt was mit Geld reinzumachen, war einfach zu posh. Ich schäme mich richtig dafür, dass ich hier bin. Hoffentlich sieht mich keiner.

Wir sitzen an einem weißen, quadratischen Tisch in einer Nische, das ist so eine Art weiße Welle aus Plexiglas, und über uns hängt ein gigantischer, cremefarbener Apparat, halb Stofflampe, halb Plastikgebärmutter. Spendet kein Licht, dafür aber angeblich Atmosphäre. Ich kann nichts erkennen. Ich sitze stocksteif wie Brokkoli auf meinem Stuhl, starre abwechselnd den Anwalt und die düsteren Rotklinkerwände an und weiß nicht, was ich sagen soll.

»Hallo, ich bin Jason, und ich kümmere mich heute Abend um Sie.«

Jasons schwarzes Hemd ist so eng, dass es in Brusthöhe an der Knopfleiste spannt. Und es glänzt. So wie seine Haare, seine Fingernägel und sein Gesicht. Ich mag Jason nicht. Jason soll weggehen und nicht wiederkommen.
»Danke, Jason«, sagt der Anwalt, nimmt die Speisekarten in Empfang, legt sie zur Seite und sieht mich an.
»Es tut mir leid«, sagt er.
»Schon okay«, sage ich.
»Ich dachte, das hier ist der heiße Scheiß«, sagt er.
»Das *ist* der heiße Scheiß«, sage ich.
»Es ist furchtbar«, sagt er. »Es ist ein Discorestaurant.«
Ich schlage die Speisekarte auf, unter Fisch steht als erstes Gericht *Gepiercter Barsch.*
»Gepiercter Barsch«, sage ich. »Wie fühlt sich nur der arme Mensch, der solche Sachen kochen muss?«
»Wir können sofort woanders hingehen, wirklich«, sagt er. Er sieht gequält aus.
Ich beuge mich zu ihm rüber, damit ich nicht die ganze Zeit so schreien muss. Die Musik ist nicht nur wahnsinnig schlecht, sondern auch wahnsinnig laut. Ich finde, schon das ist immer ein Argument, in einem Laden nicht mehr essen zu wollen. Essen und laute Musik vertragen sich nicht. Genauso wie Friseur und laute Musik, Zeitschriftenkiosk und laute Musik, und Zahnarzt und laute Musik. Hab ich alles schon erlebt. Furchtbar.
»Wir ziehen das hier durch«, sage ich, »das Essen soll ja super sein.«

Ich will nicht, dass er sich schlecht fühlt. Das hätte er nicht verdient. »Aber nur unter zwei Bedingungen«, sage ich. »Erstens, wir fangen sofort an zu trinken, und zweitens, ich zahle.«
Der Anwalt nickt. Er weiß, dass ich nicht mit mir reden lasse. Und dass ich mehr Geld habe als er.
»Okay«, sage ich, »bestellen wir Bier und was zu essen, ja? Was nehmen Sie?«
»Gentleman's Delight«, sagt er, »die Salsiccia mit gebratenen Kartoffeln.«
Das ist mit zweiundzwanzig Euro fünfzig das günstigste Gericht auf der Speisekarte. Wegen mir hätte er sich ruhig was Teureres aussuchen können. Der Anwalt sieht mir an, was ich denke.
»Hey«, sagt er, »ich mag Bratwurst.«
Dieser bescheuerte Jason kommt wieder an unseren Tisch und will wissen, womit er uns verwöhnen kann. Der Anwalt bestellt seine Bratwurst und zwei Bier. Ich nehme Fisch. Mit Kräutern gefüllt. Nicht gepierct.
Während Jason hinter der Bar verschwindet und lieber erst mal überprüft, ob seine Frisur sitzt, statt uns unser Bier aus der Leitung zu lassen, nehmen der Anwalt und ich die anderen Gäste unter die Lupe.
»Penisköpfe«, sage ich, »alles Penisköpfe.«
»Mit Mäuschen im Anhang«, sagt der Anwalt.
Es ist wirklich nicht schön. Die Männer tragen ausschließlich diesen leicht verschwitzten Business-Look mit enggeschnürten Hemdkragen und glänzenden Anzügen. Haare entweder rasiert oder an den Schädel geklebt. Penisköpfe eben. Die Frauen sind unter ihren

großen blonden Frisuren durch die Bank unsichtbar. Obwohl sie amtliche Dekolletés zur Schau tragen, wirken sie vollkommen unsexy. Kleine Proseccoaufeisfickroboter.

Unser Bier kommt, aber es wird nicht von Jason gebracht, sondern von einer Frau mit goldenen Locken. Und Kurven, die nicht von dieser Welt sind. Sie stellt sich uns nicht vor, sie sagt gar nichts, sie stellt uns nur zwei Gläser Bier hin. Dabei verströmt sie eine so gewaltige Ladung Sex, dass mir die Spucke wegbleibt. Während der Anwalt eher aufpassen muss, dass ihm die Spucke nicht aufs Hemd tropft. Und er ist nicht der Einzige im Saal, dem es so geht. Alle anwesenden Männer fressen die Kellnerin mit Blicken auf, die sind richtig gierig. So was hab ich noch nie gesehen. Die Frau sieht zweifellos schön aus, aber das ist es nicht. Es scheint etwas anderes zu sein, was diese Männer so verrückt macht, etwas Altes, etwas Archaisches. Ich hab das Gefühl, ein paar von denen sind kurz davor, sich ihren Anzug vom Leib zu reißen und über sie herzufallen, nur ihre Krawatte hält sie davon ab. Wahrscheinlich ist es ein Geruch, den sie hinter sich herzieht, ein Duft aus uralter Zeit.

Der Kellnerin selbst scheint das alles nicht geheuer zu sein. Und dann wieder doch. In der einen Sekunde wirkt sie, als würde sie dem, was sie in den Männern auslöst, völlig hilflos gegenüberstehen, in der nächsten Sekunde ist sie aggressiv und abweisend, und dann wieder bewegt sie sich langsam-laszig durch den Raum, als wäre da ein eingebauter James-Bond-Vorspann in ihrem Körper.

»Film aus«, sage ich zu dem Anwalt.

Der Ärmste ist total weggetreten. Der merkt nicht mal, dass dieser schmierige Jason mit unserem Essen gekommen ist.

»Oh«, sagt er. »Entschuldigung.«

»Macht nichts«, sage ich. Er kann ja nichts dafür.

Jason stellt die Teller ab, und ich finde, er macht dabei einen etwas beleidigten Eindruck.

»Danke«, sage ich.

Er legt den Kopf schief, zieht sein Näschen kraus, dreht sich um und dackelt davon.

Mein Fisch sieht gut aus. Prall, glänzend, knusprig, auf einem Berg Grünzeug. Nur die Blumen im Maul, die hätten sie sich sparen können.

Der Anwalt starrt auf seine Bratwurst.

»Was ist?«, frage ich.

»Wahnsinn«, sagt er.

»Was?«

»Das sieht unglaublich lecker aus.«

Die Wurst ist von einem satten Braun, fast ein bisschen rötlich. Sie sieht aus wie ein Gewürzkuchen. Die Kartoffeln schimmern goldgelb, gespickt mit saftig-grünen Rosmarinzweigen. Mir wirkt das eine Runde zu fettig und schwer, aber ich kann nachvollziehen, dass es toll aussieht, wenn man auf so was steht.

»Ich steh auf so was«, sagt der Anwalt.

»Dann hauen Sie mal rein«, sage ich.

Wir stoßen an, nehmen jeder einen großen Schluck Bier und fangen an zu essen.

Der Anwalt schneidet seine Wurst an. Da läuft der

Saft raus, es riecht nach Thymian und Muskatnuss und Chili und Pfeffer. Es riecht wirklich sehr gut. Er steckt sich ein Stück in den Mund, kaut, reißt die Augen auf.
»Und?«, frage ich.
»Ich weiß nicht«, sagt er.
»Nicht gut?«, frage ich.
»Doch, doch«, sagt er, »sensationell. Aber anders als alles, was ich bisher gegessen habe.«
Er nimmt noch ein Stück und kaut. Aus den Boxen über unseren Köpfen kommt jetzt Schweinetechno. Wummert exakt im Takt.
»Hmm«, sagt er.
Er steckt sich wieder ein Stück in den Mund und lächelt verzückt.
»Großartig. Und das in so einer penetranten Umgebung. Ich kann's kaum glauben. Wie ist Ihr Fisch?«
Ich setze meine Gabel an, klappe die knusprige Haut zurück, und dann geht die Gabel durch wie durch ein Stück weiche Butter. Das Fleisch ist weiß und zart, aber auch fest. Die Kräuter duften nach einem riesigen südfranzösischen Garten. Ich probiere. Es schmeckt frisch und grün und ganz vorsichtig nach Limone.
»Vermutlich der beste Flossenmann der Stadt«, sage ich und schüttele den Kopf. »Es ist wirklich nicht zu fassen.«
Wir stoßen an. Wir haben uns ja schließlich vorgenommen, zu trinken.
Ich sehe mich noch mal um. Hier sitzen tatsächlich nur Idioten. Ich verstehe das nicht. Dieses Essen, das

da auf unseren Tellern liegt, dieses wunderbare Zeug, das passt einfach überhaupt nicht hierher, an diesen Ort, der so sehr nach Dieter Bohlen riecht.

*

Es wird bald hell, am Horizont ist schon ein erster blausilberner Streifen zu sehen, und die Sterne machen sich langsam vom Acker. Ich sitze am offenen Fenster und rauche in den Himmel. Ein kleiner Wind ist bei mir und meine Zigaretten. Sonst nichts und niemand. Ich kann nicht schlafen. Zu viel Wodka Tonic getrunken, im Discorestaurant, nach dem Essen, an der Bar. Koks für Arme, sagt Klatsche immer. Er ist nicht zu Hause, das spüre ich. Ich weiß, wenn er da ist. Heute Nacht ist die Wohnung nebenan leer.
Der Anwalt hat um eins die letzte Bahn genommen. War ein netter Versuch, dieser Abend, aber war dann auch nur ein Versuch. Wir machen das nicht noch mal. So ein Dating-Kram ist einfach nichts für mich. Und Männer, die mit der U-Bahn fahren, auch nicht. Mein Telefon macht ein Klick-Geräusch. Carla hat mir geschrieben.
Bist du noch wach?
Ich rufe sie an.
»Hey«, sagt sie.
»Wie geht's dir?«, frage ich.
»Ganz okay«, sagt sie. »Was machst du?«
»Rauchen«, sage ich. »Und du?«
»Fenster putzen«, sagt sie.
Carla putzt ihre Fenster immer nachts. Sie findet das

besser. Gibt angeblich keine Streifen, weil nachts ja nie die Sonne scheint.
Ich hab keine Ahnung von so was.
»Warum bist du noch wach?«, fragt Carla.
»Ich war mit einem Anwalt aus«, sage ich, »in einem Restaurant. Und das war so merkwürdig.«
»Der Anwalt?«, fragt sie.
»Nein«, sage ich, »der Anwalt war okay. Das Restaurant war das Problem.«
Ich zünde mir eine frische Zigarette an.
»Warum?«, fragt sie. »Hat's nicht geschmeckt?«
»Muss ich dir in Ruhe erzählen«, sage ich. Ich hab gar keine Lust, jetzt groß zu reden. Ich wollte eigentlich nur mal hören.
»Kommst du morgen Mittag bei mir vorbei?«, fragt sie.
»Klar«, sage ich.
»Dann schlaf jetzt, okay?«
»Die eine Kippe noch«, sage ich.
»Das eine Fenster noch«, sagt sie.
Ich muss lachen.
»Chas?«
»Ja?«
»Ich bin froh, dass du da bist«, sagt sie.
Ich bin froh, dass du da bist, denke ich.
»Klar bin ich da«, sage ich, »wo soll ich denn sonst hin. Mach dir keine Sorgen.«
»Good night and good luck«, sagt sie.
»Selber«, sage ich.
Ich rauche meine Zigarette zu Ende, gehe ins Bett und warte darauf, dass der Wecker klingelt.

Blutwurst:

4 kg durchwachsenes Schweinefleisch, 1 kg Schwarten, 1 kg Leber, 200 g Salz, 25 g Pfeffer, 15 g Nelkenpulver, 15 g Majoran, 15 g Thymian, 10 g Kümmel, 10 g Zimt, frisches Blut.
Fleisch und Schwarten nicht zu weich kochen. Beides ebenso wie die Leber in feine Würfel schneiden. Salz, Gewürze und Blut dazugeben. Gut vermischen. Die Masse darf nicht zu fett sein. In Schweinedärme füllen.
50 bis 60 Minuten sieden lassen.

Sankt Pauli Saigon

Um Punkt zwölf Uhr dreißig lege ich meinen Talar ab, das aufgetakelte Ding. Dann schließe ich die Akten weg, stecke meine Zigaretten und mein Telefon ein und mache mich auf den Weg zu Carla. Um vierzehn Uhr geht's weiter, das reicht für ein schnelles Mittagessen zwischen den Zeugenaussagen. Die Aussagen laufen verdammt schlecht für unsere drei Menschenräuber. Das ist höchst unangenehm, was da gerade noch alles rauskommt. Die Typen haben offensichtlich immer mal wieder versucht, die Mädchen im Internet zu verkaufen, als Haussklavinnen. Das hat aber nicht funktioniert, die Ware war schon zu ramponiert. Ich freu mich wirklich auf den letzten Verhandlungstag, wenn die Herren ins Kittchen einfahren. Vielleicht werde ich hinter der grünen Minna herrennen und ein bisschen johlen.
Es war schön, gestern Nacht noch mit Carla zu sprechen. Das war für ein paar Minuten wieder wie früher. Ihre Stimme, ihre Sätze, meine leicht aufgeregte und doch wahnsinnig coole Freundin. Der bittere, zerschlagene Unterton der letzten Tage war nicht da.

Es war fast so, wie es war, bevor die blöden Pisser sie in den Keller gezerrt haben.
Ich zünde eine Zigarette an und kicke eine leere Cola-Flasche vor mir her. Ich habe Kopfschmerzen, und das Geklöter der kleinen Plastikflasche lenkt mich irgendwie davon ab. Es war bescheuert, nicht mehr zu schlafen. Ich lerne es einfach nicht. Wenn ich so im Bett liege und wach bin, denke ich immer, das macht doch jetzt keinen großen Unterschied, ob ich noch mal drei Stunden schlafe oder ob ich's gleich ganz lasse. Am nächsten Tag ist es dann allerdings nicht zu übersehen, dass drei Stunden Schlaf tierisch was gebracht hätten.
Ich muss aufpassen mit dem Gekicke. Ich muss mich auf den Verkehr konzentrieren. Jetzt hätte mich am Bismarck-Denkmal fast ein Bus erwischt.
Bei Carla ist es bumsvoll. Sie bringt gerade zwei Toast an einen Tisch. Sie wirft mir im Vorübergehen einen Kuss zu, sagt »Hallo, Liebes«.
Ich setze mich an die Bar. Als Carla wieder hinter der Theke angekommen ist, zapft sie zwei Bier gleichzeitig und fragt: »Schinkentoast?«
»Nee«, sage ich, »lieber ein dickes Hörnchen und einen doppelten Milchkaffee.«
»Hast du nicht mehr geschlafen gestern Nacht?«
Ich schüttele den Kopf.
»Du bist bekloppt«, sagt sie, bringt die Biere weg, kommt zurück und macht mir Kaffee.
»Wie war das jetzt gestern?«, fragt sie.
»Der Anwalt hat mich in das Schicksenrestaurant in der alten Fabrik geschleppt.«

»Diesen Backsteinschuppen?«, fragt sie. »An der großen Straße, von der ich nie weiß, wie sie heißt?«
»Genau«, sage ich.
»Und?«
»Das war so abgefahren. Sensationelles Essen umringt von Schrecklichkeiten. Da saßen nur furchtbare Menschen an den Tischen, und die Tische selbst waren auch furchtbar, und die Lampen und die Kellner und überhaupt alles. Schlimm. Nur das Essen, das war toll. Ich hab das überhaupt nicht kapiert, was das soll, wie das alles zusammengehört.«
»Verstehe«, sagt sie und kippt erst dicken, dunklen Kaffee in ein großes Glas, dann gießt sie eine Ladung dampfende Milch dazu, dann schüttet sie sehr, sehr viel Zucker rein und rührt alles mit einem langen Löffel um. »Jetzt verstehe ich das.«
»Was verstehst du?«, frage ich.
»Ich hab hier oft eine Frau an der Theke sitzen«, sagt sie, »die kennst du vielleicht auch vom Sehen, so eine dünne Blonde, mit einer strengen Frisur.«
»Weiß ich jetzt gerade nicht«, sage ich.
»Egal«, sagt Carla, »auf jeden Fall kocht die in dem Schuppen. Ich glaube, die ist sogar die Chefin von dem ganzen Laden. Und am Nachmittag, bevor sie die Küche aufmacht, sitzt sie oft hier, und dann plaudern wir ein bisschen. Und auch wenn die das nie so deutlich sagt, hab ich immer das Gefühl, die findet ihr Leben komplett scheiße. Wohnt in der Hafencity und hasst es. Fährt dicke Kohle mit ihrem schnieken Restaurant ein und hasst es. Macht noch mehr Geld mit einer Fernsehkochshow und hasst es. Die hasst alles,

was sie macht. Hab ich zumindest immer das Gefühl. Sie sagt so oft, dass sie mich beneidet und dass es so schön ist in meinem Café, und so gemütlich. Und falls ich mal eine Köchin brauche, soll ich Bescheid sagen. Sie würde das auch umsonst machen. Dann lacht sie natürlich immer und tut so, als wäre das alles nur Spaß, aber das ist kein Spaß. Die meint das ernst. Das weiß ich genau. Und wo du jetzt erzählst, dass das in ihrem Laden so schlimm ist, verstehe ich sie ein bisschen besser. Wobei man sich natürlich fragt, warum die das alles macht, wenn sie es so wenig leiden kann.«
»Kann ich bitte meinen pappsüßen Kaffee haben?«
»Oh«, sagt sie, »klar. Bitte schön.«
Sie legt mir noch eines von den dicken portugiesischen Eierhörnchen dazu. Das wird meine Kopfschmerzen im Zaum halten, das weiß ich.
»Und das Essen war wirklich so gut?«, fragt Carla.
»Wahnsinnig gut«, sage ich, »da gibt's keine zwei Meinungen. Die Frau kann kochen wie 'ne Eins.«
»Vielleicht sollte ich ihr Angebot annehmen und sie hier für lau in der Küche schuften lassen«, sagt Carla.
Sie huscht nach draußen, da sind neue Gäste gekommen.
Ich nehme das Hörnchen, ziehe es in der Mitte auseinander, stippe das weichgoldene Ding in meinen Kaffee und schiebe es mir in den Mund. Es hilft sofort.
»Warum warst du eigentlich mit diesem Anwalt aus?«
Carla stellt ein Tablett mit schmutzigen Tassen und Aschenbechern hinter der Theke ab. Ich beiße noch mal in mein Hörnchen.

»Weil er mich gefragt hat«, sage ich und schlucke.
»Du gehst nie mit Männern aus, die dich fragen, ob du mit ihnen ausgehst.«
»Ich mochte den Anwalt schon immer gern«, sage ich.
Carla sieht mich verständnislos an, hebt die Hände und zieht die Schultern hoch. »Ja und?«
Ich nehme einen großen Schluck Kaffee und sage: »Klatsche hat mich mit einem Mädchen beschissen.«
»Hat er nicht«, sagt sie.
»Ich hab's gesehen«, sage ich.
»Was hast du gesehen?«
»Ein Mädchen, bei ihm zu Hause, neulich abends.«
»Da war nichts«, sagt Carla.
»Woher willst du das wissen?«, frage ich.
»Er hat's mir gesagt.«
»Ach so«, sage ich. »Ihr zwei seid ja so dicke im Moment, das hatte ich schon fast vergessen. Und da redet man natürlich auch über die neue Liebschaft, ist klar.«
»Boah«, sagt sie, »was ist das denn? Du bist ja echt zickig. Und ich dachte, Klatsche ist nur empfindlich.«
Vielleicht sollte ich einfach aufstehen und gehen.
Carla kommt hinterm Tresen vor und legt mir ihre Hand auf die Schulter.
»Jetzt hör mir mal zu. Klatsche geht's nicht gut. Der hat das nicht leicht mit dir. Der liebt dich.«
Ich zucke ein Stück zurück.
»Das musst du jetzt auch mal aushalten, das ist so«, sagt sie. »Aber du bist immer so verdammt sperrig. An dich kommt man nur durch Zufall ran. Das weißt

du. Und Klatsche kann echt viel einstecken, aber manchmal macht den das auch verrückt, dass du so bist, wie du bist. Der denkt nämlich, dass du bald abhaust. Dass du genug hast von ihm. Der weiß einfach gerade überhaupt nicht, was er machen soll.«
»Ich weiß auch nicht, was ich machen soll«, sage ich leise.
»Du musst gar nichts machen, Chas. Wehr dich einfach nicht andauernd dagegen, dass du ihn magst.«
Ich nehme einen großen Schluck Kaffee.
»Oder wehr dich wenigstens nicht dagegen, dass *er dich* mag«, sagt sie. »Dass er dich liebt, du blöde Kuh.«
Liebe. Ich weiß nicht.
»Was ist jetzt mit diesem Mädchen?«, frage ich.
»Das ist eine kleine Kellnerin aus einer Rollschuh-Disco in Horn«, sagt Carla. »Die himmelt ihn an. Die stand plötzlich vor seiner Tür. Er wollte nett sein und hat was mit ihr getrunken. Dann hat er sie nach Hause gefahren.«
Ich atme tief durch. Ist ja eigentlich egal, ob ich das jetzt glaube oder nicht.
»Und wir haben darüber geredet, weil ich mit ihm über Rocco geredet hab«, sagt Carla.
»Wieso über Rocco?«, frage ich. Themawechsel. Sehr gut.
»Ich freu mich, dass er wieder da ist«, sagt sie.
»Ich freu mich auch, dass er wieder da ist«, sage ich.
»Ich freu mich aber noch ein bisschen mehr«, sagt sie.
»Oh«, sage ich. »Wirklich?«

»Ich glaub schon«, sagt sie, »aber es fühlt sich komisch an.«
»Du weißt schon noch, was du hinter dir hast, oder? Da ist es doch kein Wunder, dass du dich komisch fühlst.«
Sie nickt.
»Aber siehst du«, sagt sie, »das ist der Unterschied zwischen uns beiden. Ich will Rocco trotzdem näher ranlassen, denn ich kann nicht leben ohne große Gefühle. Und du kannst nicht *mit* ihnen leben.«
Ich trinke meinen Kaffee aus und sage:
»Ich muss wieder ans Gericht.«
»Grüß schön«, sagt sie und lächelt. »Was machste eigentlich gerade?«
»Mädchenhändler verprügeln.«
»Sehr gut«, sagt sie. »Und sonst?«
»Wir sind da an einer ekligen Sache dran«, sage ich, »hat was mit Zerschneiden zu tun. Das willst du, glaub, ich gar nicht wissen.«
»Igitt, zerschneiden«, sagt sie. »Dann lass mal stecken.«
Wir umarmen uns kurz, und das tut nun wirklich sehr gut. Mit Carla kann ich das irgendwie besser als mit anderen. Ich bin schon fast draußen, da fällt mir noch was ein.
»Ach, Carla?«
»Ja?«
»Wann läuft denn die Sendung von dieser Köchin?«
»Heute Abend«, sagt sie, »um zehn.«

*

Saigon. Das muss ich immer denken, wenn es so schwül ist in Hamburg. Wenn der Himmel nicht blau ist und auch nicht grau, so wie meistens, sondern wenn er diesen giftigen Gelbstich hat. Das kommt von der Elbe, dieses Saigon-Gefühl, feucht und schwer und stickig. Aber es hat auch was Erleichterndes, denn auch wenn man wollte, man könnte sich gar nicht anstrengen. Es würde nicht klappen. Physikalisch unmöglich. Das Wasser im Körper spielt nicht mit. Es hängt in den Seilen. Und alle schlendern. Gerade auf Sankt Pauli ist dieses Prinzip ja schon immer sehr beliebt gewesen. Einfach ganz in Ruhe den Tag versemmeln.

Ich brauche für den knappen Kilometer vom Gericht zum Kiez eine gute halbe Stunde. Und als ich dann am Millerntorplatz stehe und ganz langsam die Reeperbahn runterschaue, habe ich ausnahmsweise mal überhaupt keine Lust, die Meile runterzulaufen. Vielleicht weil Freitag ist. Denn am Freitag gehört die Reeperbahn nicht den Sankt-Paulianern. Am Freitag gehört sie schon ab Nachmittag den Touristen und Partyschnepfen, und die mag ich alle nicht. Die kreischen und quieken und blöken und grölen und reden in so vielen Dialekten und Melodien durcheinander, dass sich mir sofort das Hirn verdreht. Deshalb biege ich beim Imperialtheater in die Seilerstraße ab, und sofort ist es friedlich. Wie immer in dieser Straße, die wirkt, als wäre sie aus dem Amüsierviertel gefallen. Ich schlurfe über die Detlev-Bremer-Straße, und da ist an der Ecke diese Kneipe, die ist so dunkel, da kann man nie, aber auch nie von außen sehen, was

innen los ist. Fest steht nur, dass innen ein Schnaps ausgeschenkt wird, der heißt *Ficken* und kostet einen Euro. Ein Haus weiter hat jemand mit einem dicken Filzstift *Deutschland, halt's Maul* an die Wand geschrieben. Ich mag die Seilerstraße.
Ich mache die oberen Knöpfe von meinem Hemd auf. Der Himmel rückt immer näher, er ist inzwischen von einem satten Gelb. Ich gehe rüber auf die andere Straßenseite, setze mich in den kühlen Hauseingang der alten Schule, zünde mir eine Zigarette an und beobachte ein bisschen das Spektakel beim Harleyschuster, dem bärtigen, haarigen Mann, der aussieht, als würde er nur Schuhe besohlen, die ihm gefallen. Er sitzt hinter seiner Werkbank, raucht Zigarren und kuckt finster, während vor seinem Laden ein paar heiße Babes auf ihren Motorrädern rumlungern. Kundschaft sieht man beim Harleyschuster selten. Das liegt wahrscheinlich daran, dass der Mann nicht so aussieht, als könne man ihm einen Auftrag geben oder ihn um einen Gefallen bitten. Der Harleyschuster sieht aus, als müsse man ihm ein Opfer bringen, am besten ein lebendes. Wer hier Kunde werden will, braucht Eier in der Hose. Und Bargeld in der Tasche. Über seiner Werkbank steht in großen schwarzen Buchstaben: *In God we trust. All others pay Cash.* Aber letztlich sieht das alles nur so bissig aus. Sobald der Harleyschuster einmal den Mund aufmacht, fällt ihm da ein herzliches Lächeln raus und eine samtige Stimme, und da ist es dann wieder: Sankt Pauli. Von außen hart, von innen zart, und 1-a-Profiarbeit.

Die Elvisfriseurin am anderen Ende der Straße fährt ein ähnliches Konzept. Sich bloß nicht beim Kunden einschleimen, das ist unehrenhaft. Ich gehe da gerne hin. Einerseits natürlich wegen der konsequent durchgezogenen Elvis-Verherrlichung, das Ding ist ja mehr ein Altar als ein Laden. Aber auch, weil sie einfach macht, was sie für richtig hält. Bei der gibt's klare Ansagen. Als mal einer bei ihr auf dem Stuhl saß und gefragt hat, ob sie ihm die Haare bitte so schneiden könnte, dass das oben ein bisschen voller wirkt, hat sie gesagt:
»Hör mal, wir sind hier beim Friseur, und nicht bei Siegfried und Roy.«
Ich schmeiße meine Zigarette weg und laufe langsam weiter die Straße entlang. Ganz langsam, wegen Saigon. Plötzlich Geschrei. Eine Frauenstimme.
»Romy! Rooomy!«
Aus dem Kiezkindergarten schießt ein Mädchen raus, sie rast durchs offene Tor, dann über die Straße, ohne nach rechts und links zu schauen, dann zwischen zwei parkenden Autos durch, dann schlägt sie einen Haken nach links und läuft mir direkt in die Arme. Ich schnappe die Kleine und halte sie fest. Sie ist vielleicht vier Jahre alt, sie hat dunkelblonde lange Haare, die ungekämmt auf ihre Schultern fallen, sie trägt ein dunkelblaues T-Shirt und eine labberige Jeans. Ihre Beine sind lang und dünn, ihre Hüften wirken irgendwie knochig, die Jeans ist ihr beim Sprinten ein bisschen nach unten gerutscht. Sie sieht mich sehr ernsthaft an und schnauft.
»Mach das nie wieder«, sage ich.

»Lass mich in Ruhe«, sagt sie.
Ihr fehlt ein Schneidezahn.
»Mach das nie wieder«, sage ich noch mal. »Das ist gefährlich.«
Sie sieht mich böse an und presst die Lippen aufeinander.
»Romy.«
Eine junge Frau kommt über die Straße gelaufen. Sie wirkt resigniert.
»Ist doch immer das Gleiche«, sagt sie.
Sie streicht Romy über den Kopf, nimmt sie bei der Hand und bringt sie zurück in den Kindergarten. Romy legt keinen Einspruch ein. Mitten auf der Straße dreht sie sich noch mal um und kuckt mich an.
Ich frage mich, ob sie es gespürt hat. Ob Kinder das eigentlich mitkriegen, wenn sie Erwachsenen ähnlich sehen. Als Romy so bockig vor mir stand, hatte ich das Gefühl, eines der Bilder anzuschauen, die mein Vater von mir gemacht hat, als ich ein Kind war. Blick, Haare, Jeans – so sah ich auch immer aus. Trotzig, allein unterwegs, leck mich doch. Ich weiß nicht, ob ich auch schon so war, bevor meine Mutter meinen Dad und mich verlassen hat. Überhaupt weiß ich nicht viel aus der Zeit davor. Mein Vater wollte nie darüber reden, es brach ihm das Herz. Und ich erinnere mich nur an zwei Situationen mit meiner Mutter. Ich war ja noch so klein, als sie abgehauen ist. Ich erinnere mich daran, dass wir in einem kalten, gefliesten Treppenhaus standen. Das muss in Hanau gewesen sein, in dem Hochhaus, in dem wir damals gewohnt haben. Meine Mutter hatte mich auf dem Arm,

zeigte in einer Tour auf die Deckenbeleuchtung und sagte immer wieder:
»Licht. Lampe.«
Das ist die schöne Erinnerung. Die andere geht so: Mein Vater sitzt auf der Couch und weint, tagelang. Ich verhalte mich still, sitze zu seinen Füßen und begreife Stück für Stück, dass sie nicht mehr da ist.
Manchmal frage ich mich, wie es meiner Mutter geht. Ich weiß, dass sie inzwischen zum dritten Mal verheiratet ist. Die Sache mit dem Kollegen von meinem Dad, mit dem sie damals in die USA abgehauen ist, hat nicht lange gehalten. Jetzt ist sie Zahnarztfrau und wohnt in Richmond, Wisconsin. Ich glaube nicht, dass sie glücklich ist. Aber geht mich ja nichts an. Es hat sie auch nicht interessiert, wie beschissen es meinem Vater all die Jahre ging. Und daran erinnere ich mich sehr gut.
Sie schreibt mir jedes Jahr zum Geburtstag eine Karte. Ich weiß gar nicht, wie sie das macht, so oft, wie ich umgezogen bin, bevor ich vor über zehn Jahren auf Sankt Pauli angespült wurde. Wahrscheinlich ist ihr Typ gar nicht Zahnklempner. Wahrscheinlich ist das ein CIA-Mann.
Ich breche mir ja keinen Zacken aus der Krone, wenn ich ihr auch mal schreibe.
Könnte ich schon machen.
Ich drehe mich um und gehe zurück zur Post in der Detlev-Bremer-Straße. An der Ecke kaufe ich in einem Souvenirshop eine Quatschpostkarte. Auf der Postkarte ist Paris zu sehen, der Triumphbogen. Und darunter steht: Millerntor.

Ich traue mich in den Laden des Harleyschusters, leihe mir einen Stift und schreibe die Adresse meiner Mutter auf die Karte. Weil sie die auf jeder Karte, die sie mir schickt, hinterlässt, kann ich sie auswendig. Als ich dem Harleyschuster seinen Stift zurückgebe, sieht er mich an, als würde er gleich bellen, aber da kann er ja nichts für.
Es ist zehn vor fünf, die Post hat noch auf. Ich gehe rein und stelle mich an. Vor mir in der Schlange stehen zwei Frauen. Die eine ist sehr jung, sie hat ein Victoria-Beckham-Betonfrisürchen auf dem Kopf, lila Satin-Sandaletten an den Füßen und ein Louis-Vuitton-Täschchen in der Hand. Die andere Frau ist so Anfang sechzig, sie ist groß und dick, und ihr aschblondes, glanzloses Haar hat schon lange Zeit kein Shampoo mehr gesehen. Trockenshampoo vielleicht. Die Haare sehen aus wie ein Schwamm. Sie hat einen Hund dabei, einen winzigen Yorkshire-Terrier, der locker in ihrem Haar wohnen könnte, und der auf dem Arm dieser mächtigen Frau aussieht wie ein Knallbonbon. In jedem anderen Viertel Hamburgs würde der Hund in der Tasche der Beckham-Tante sitzen. Auf Sankt Pauli nicht. Da zählt nämlich noch der Charakter.
Ich bin dran und schiebe dem Postbeamten meine Karte rüber.
»Mit Luftpost, bitte«, sage ich.
»Wollen Sie nichts draufschreiben?«, fragt der Mann hinterm Schalter.
»Was?«
»Wollen Sie nichts draufschreiben?«

Er hat recht. Ich sollte irgendwas draufschreiben. Aber ich habe keine Ahnung, was. Er hält mir einen Kugelschreiber hin.
»Was schreiben die anderen Leute denn so auf ihre Karten?«, frage ich.
Sein Blick ist voller Verachtung. Er hat überhaupt keinen Bock auf meine Aktion hier. Hinter mir stehen noch fünf Leute. Der Mann will Feierabend machen.
»Okay«, sage ich, »kleinen Moment, ja?«
Dann schreibe ich: *Viele Grüße. C.*
Was anderes fällt mir nicht ein.

*

Ich bin unten an der Haustür, als mein Telefon klingelt. Der Calabretta ist dran.
»Stör ich?«
»Überhaupt nicht«, sage ich. »Ich hätte Sie auch gleich noch angerufen. Wie sieht's aus?«
»Wir stellen die Stadt auf den Kopf«, sagt er, »aber wir kommen nicht weiter. In den Krankenhäusern und Schlachtereien ist keinem der Kollegen irgendwas aufgefallen, wo man hätte einhaken können. Da war alles sauber. Wir haben auch noch mal gecheckt, ob es nicht vielleicht doch eine Verbindung zwischen den drei toten Männern gibt. Nichts. Und in deren komplettem Umfeld hat niemand auch nur annähernd so was wie ein Motiv. Die einzige Kandidatin wäre die junge Frau, die diesen Hendrik von Lell im letzten Jahr angezeigt hat. Ich dachte kurz, vielleicht

wollte sie auf eigene Faust loslegen, wo der Typ doch damals davongekommen ist. Aber sie ist vor vier Monaten mit ihrem Freund nach Melbourne ausgewandert. Und warum hätte sie die anderen beiden umlegen sollen?«

»Puh«, sage ich. »Und wir haben immer noch keine Spur von den Körpern unserer ersten beiden Toten?«

»Nichts«, sagt er. »Lupara Bianca.«

»Was?«

»Die weiße Flinte. Altes Mafiading. Mord ohne Leiche. Die Toten werden auf einer Baustelle einbetoniert oder den Schweinen zum Fraß vorgeworfen.«

»Woher wissen Sie so was?«, frage ich.

»Ich bin Neapolitaner«, sagt er.

Er hört sich verstockt an, als er das sagt.

»Und jetzt?«, frage ich. »Wie machen wir weiter?«

Er sagt nichts, räuspert sich nur.

»Sollten wir vielleicht mal mit dem Faller reden?«, frage ich. Ich frage das nicht gerne. Ich will nicht, dass der Calabretta das Gefühl hat, ich traue ihm nichts zu.

»Ich hatte gehofft, dass Sie das vorschlagen würden, Chef«, sagt er. »Wann?«

»Jetzt ist er wahrscheinlich schon weg«, sage ich. »Und samstags ist er immer mit seiner Tochter unterwegs. Übers Wochenende können wir ja eh nicht viel anleiern. Sonntag?«

»Sonntag«, sagt er, und dann legt er auf.

Ich schließe die Haustür auf, steige die Treppen zu meiner Wohnung hoch, schließe auf, mache die Tür hinter mir zu, ziehe mich aus, lasse mir lauwarmes Wasser ein und lege mich in die Wanne. Saigon.

*

Als ich aufwache, friere ich wie ein Schneider. Kein guter Trick, in der Wanne einzuschlafen. Ich stehe auf, trockne mich ab und ziehe ein frisches Hemd und eine Boxershorts an.
Es ist kurz vor zehn. Ich gehe in die Küche, hole zwei Flaschen Bier aus dem Kühlschrank, nehme meine Zigaretten und gehe rüber zu Klatsche. Ich klopfe, er macht auf und sagt:
»Hey, Baby.«
Er lehnt im Türrahmen, eins neunzig groß, in schmutzigem Unterhemd und zerschlissener Jeans, seine struppigen dunkelblonden Haare schauen im Nacken unter seiner Baseballkappe hervor, seine grünen Augen funkeln, und er riecht nach Sand und Sonne. Er sieht aus wie ein verdammter Surfer.
»Warst du am Meer?«, frage ich und ziehe ein Stückchen von einer weißen Muschel aus seinen Strähnen.
»Yep«, sagt er, »bin gerade erst reingekommen. Der Onkel hat sich heute freigenommen.«
Klatsche überlässt seinen Schlüsseldienst im Sommer gerne mal sogenannten Angestellten. Irgendwelchen Rumtreibern und Ex-Halunken, die er aus seiner Einbrecherzeit oder aus dem Knast kennt und die sich ein bisschen was dazuverdienen, indem sie für ihn Türen öffnen. Natürlich nur auf ausdrücklichen Wunsch der Kunden, sagt Klatsche. Ich bin mir nicht

sicher, ob er wirklich weiß, wem genau er da sein Deluxe-Werkzeug zur Verfügung stellt.
»Und du?«, fragt er. »Was hast du heute so gemacht?«
»Gericht«, sage ich.
»Was willst du denn da immer«, sagt er, »da isses doch langweilig.«
Er fasst mir mit der rechten Hand um die Taille und zieht mich an sich. Das ist das Fabelhafte an Klatsche. Er hat sofort verstanden, dass ich mich wieder mit ihm vertragen will, ohne dass ich einen Ton sagen muss.
»Ich hab uns was zu Trinken mitgebracht«, sage ich, und halte die Bierflaschen hoch.
»Hauptsache, du hast dich mitgebracht«, sagt er und versucht, mit seinen Lippen auf meinem Hals zu landen. Ist ja alles schön und gut, aber das geht mir jetzt doch ein bisschen zu fix. Bis heute Mittag dachte ich noch, wir haben nichts mehr miteinander zu tun. So schnell kann ich nicht umschalten.
»Kann ich fernsehen?«, frage ich.
»Klar«, sagt er und lässt mich los. »Was willst du denn sehen?«
»Eine Kochsendung«, sage ich.
»Versteh einer die Weiber.«

Sie ging die Straße entlang, sie kam gerade vom Einkaufen. Sie hatte ein helles Kleid an und einen Korb unterm Arm. Es war Sommer, ein schöner Nachmittag. Da kamen ihr zwei junge Männer entgegen, in Hemd und Anzug, sehr gepflegt sahen die aus. Sie rechnete nicht damit, dass sie ihr den Weg versperren würden. Sie war irritiert, aber sie tat so, als wäre nichts, und ging einfach links vorbei, sie wollte sich von zwei Idioten nicht den Tag verderben lassen, und in dem Moment sagte der eine von beiden: Was für hässliche Titten.

Ich singe von Waffen und Männern

Sie laufen mir in der Silbersackstraße über den Weg, und sie machen komische Gesichter. Sie sehen aus wie zwei Teenager, die was ausgefressen haben, und plötzlich steht Mama im Zimmer.
»Na, ihr«, sage ich.
»Na, du«, sagt Carla. Sie gibt mir einen Kuss auf die Wange, dann steht sie verstockt da und beißt sich auf die Unterlippe.
»Wo willst du denn drauflos?«, fragt Rocco. Der Tschabo sieht wieder unverschämt gut aus in seinem alten schwarzen Hemd und der zerschlissenen Anzughose.
»Elbe«, sage ich, »nachdenken. Und ihr?«
»Och«, sagt Carla, »wir …«
»Wir hängen nur so rum«, sagt Rocco, ein bisschen zu schnell.
Ich trau den beiden nicht.
»Ihr hängt rum?«

»Ja«, sagt Carla, »spazieren und so.«
»Aha«, sage ich. Ich glaube ihnen kein Wort.
Und dann sind sie auch schon aufgeflogen. Die Tür vom Silbersack geht auf, und Dieter Korn kommt raus, leicht verschwitzt, zu enge Klamotten, Glatze glänzt, blau getönte Brille auch. Er ist nicht so doof, Carla und Rocco auf offener Straße anzusprechen, aber er schaut eine Sekunde zu lang zu ihnen rüber, und sofort ist klar, dass die drei sich kennen. Und dass Bonny und Clyde hier wahrscheinlich gerade bei ihm waren.
»Was habt ihr denn mit Karate-Diddi zu schaffen?«, frage ich.
»Nichts!«, sagt Rocco. Er tut entrüstet.
»Gar nichts!«, sagt Carla.
»Rocco«, sage ich und schiebe mir meine Sonnenbrille in die Haare, »du kannst Geschäfte machen, mit wem du willst, aber zieh meine Freundin da nicht mit rein, okay? Wenn's um Carla geht, kenne ich kein Pardon. Du stehst quasi schon mit einem Fuß im Knast, Herzchen.«
»Chas«, sagt Carla, »reg dich wieder ab. Rocco hat mir nur geholfen.«
»Bei was?«, frage ich. »Machst du jetzt neuerdings Geschäfte mit den windigen Herren vom Kiez?«
»Ich hab mir 'ne Knarre besorgt«, sagt sie, und sie sieht finster aus, als sie das sagt.
»Spinnst du?«, frage ich.
»Keine Munition«, sagt sie. »Ich will da ja nicht mit rumballern.«
»Wozu brauchst du sie dann?«, frage ich.

»Um mich zu verteidigen«, sagt sie. »Falls mir noch mal einer auf die Pelle rücken will, kriegt er meine Wumme unter die Nase gehalten.«
»Das ist viel zu gefährlich«, sage ich. »Was, wenn der dann auch 'ne Knarre hat, und die ist aber zufällig geladen? Man hält nicht einfach jemandem eine Waffe unter die Nase, Carla.«
»Man zerrt auch nicht einfach eine Frau in einen Keller und vergewaltigt sie nach Strich und Faden«, sagt sie.
Richtig. Das macht man auch nicht.
»Haben sich die Kollegen, die deinen Fall aufgenommen haben, noch mal bei dir gemeldet?«, frage ich.
»Nein«, sagt sie. »Niemand hat sich bei mir gemeldet. Und ich habe das Gefühl, da wird sich auch niemand mehr melden. Die haben mich doch längst vergessen.«
»Das ist Quatsch, Carla«, sage ich. »Die haben nur viel zu tun.«
»Mal ehrlich, Chastity«, sagt Rocco, »wir wissen doch alle, dass solche Typen nie das kriegen, was sie verdienen. Und dass viel zu viele von denen frei rumlaufen. Wenn Carla sich also mit einem Ballermann in der Handtasche besser fühlt – warum zum Teufel soll sie dann keinen haben?«
Er hat ja recht. Ich hab ja auch so ein Ding. Und ich darf das noch weniger als Carla. Ich zünde mir eine Zigarette an.
»Okay. Ich weiß von nichts.«
Carla lächelt mich an, aber ihre Augen blicken immer noch finster zwischen ihren dunklen Locken durch.

»Ich bau schon keinen Scheiß«, sagt sie, »mach dir mal keine Sorgen.«
Ich sehe Rocco an. Er berührt Carlas Hand, und sie legt ihre in seine. Das sieht gut aus. Ich nehme einen Zug von meiner Zigarette und setze meine Sonnenbrille wieder auf.
»Kommt ihr mit an die Elbe?«
Carla gibt mir einen Schubs und sagt: »Wir kommen so was von dermaßen mit an die Elbe, das ahnst du nicht.«
Mein Telefon klingelt. Klatsche ist dran.

*

Er hat mich um vier am Hafen abgeholt. Ich hatte gedacht, dass wir vielleicht alle vier eine Barkasse nehmen und ein bisschen durch die Speicherstadt schippern, aber dann sind Rocco und Carla alleine gefahren. Klatsche hat gesagt, dass wir mal reden müssen. Dass nicht alles einfach wieder gut ist, nur weil wir zusammen auf seiner Couch gelegen und eine Kochsendung gesehen haben. Er hat gesagt, dass er den Faden verloren hat, dass er nicht mehr weiß, wo es langgeht mit uns, dass er aber eine Richtung braucht. Dass er Angst hat, dass es sich sonst eines Tages einfach so verläuft. Dass wir uns verlaufen könnten, wenn wir uns nicht endlich für eine gemeinsame Richtung entscheiden. Solche Sachen hat er gesagt, und das in seinem Alter. Als ich in seinem Alter war, war es mir egal, was mit den anderen ist, ob sie bei mir bleiben oder nicht. Ich war ein Egoist. Klat-

sche überrascht mich immer wieder. Ich hab gesagt, dass ich nicht gut bin im Reden. Dass ich noch nie einen Faden hatte, und eine Richtung immer nur durch Zufall. Und dass ich mich in meinem Leben bisher noch jedes Mal verlaufen habe, wenn ich dachte: Jetzt bin ich aber da. Dass jemand wie ich nicht in der Lage ist, etwas zu versprechen.
»Okay«, hat er gesagt, »wenn du nicht mit mir reden willst, dann musst du eben mit mir laufen, Baby. So lange, bis wir eine Richtung gefunden haben.«
Inzwischen ist es sieben Uhr, die Abendsonne fließt durch Sankt Pauli, die Häuser geben ihre Wärme in die Straßen ab, wir laufen seit drei Stunden durch die Gegend. Wir reden nicht, wir sagen kein Wort, wir gehen nur spazieren. Vor ein paar Minuten hat Klatsche meine Hand genommen. Vielleicht, weil wir hier ums Eck zu Hause sind.
In der Hein-Hoyer-Straße sitzen ein Mann und eine Frau vor einem Kiosk. Sie sitzen auf zwei umgedrehten Astra-Kisten, sie sind wahrscheinlich um die sechzig, vielleicht auch um die vierzig, das kann man nicht genau sagen, sie sehen aus, als wären sie hundertundzehn. Und sie sehen aus, als würden sie schon eine ganze Weile auf der Straße wohnen. Als hätten sie nicht mehr viel vor. Sie haben jeder eine Dose Bier in der Hand. Sie wirken extrem zufrieden.
»Nö, also«, sagt die Frau. »Das trinken wir aber schon noch aus, oder?«
»Jaaa«, sagt der Mann. »So viel Zeit muss sein. Da lassen wir uns gar nich hetzen. Das trinken wir noch schön aus.«

Klatsche bleibt stehen, sieht mich an und sagt:
»Bier?«
»Würde zum Licht passen«, sage ich.
Dann laufen wir weiter, Hand in Hand, in Begleitung von zwei kühlen goldenen Dosen. Wir laufen, bis es dunkel ist, wir laufen immer weiter durch unser Viertel, durch zwei Parks und wieder durch die Straßen, über die Reeperbahn bis zum Hans-Albers-Platz, und weil wir langsam richtig Durst haben und es hier auf dem Platz nur eine einzige vernünftige Bar gibt, müssen wir auch jetzt nicht reden, wir gehen einfach schnurstracks einmal über den Platz und hinten rechts durch die Tür, und schon atmen wir Rock 'n' Roll und Alkohol und Männlichkeit. Das 20flightrock ist eine Männerkneipe. Was aber nicht bedeutet, dass hier keine Frauen sind, ganz im Gegenteil. Hier sind die richtig heißen Biester. Hier sind nur die, die sich was trauen. Sie tragen knispelenge Röcke mit Schlitz, tief ausgeschnittene Blusen und Shirts, Strumpfhosen mit Naht und niemals flache Schuhe. Ihre Frisuren sitzen so top und knallhart, die könnten einen Atomkrieg überstehen. Die Männer tragen Jeans, die alle aussehen wie das Original. Sie tragen Hemden, wie Robert Mitchum und Johnny Cash sie getragen haben, und professionell geputzte Lederschuhe. Aus den Lautsprechern knallt ausschließlich Musik von Leuten, die schon tot sind, einzige Ausnahme: Jon Spencer und seine Kollegen. Das 20fligtrock ist ein guter Laden. Wir setzen uns an die Theke und trinken jeder drei Bier, dann laufen wir wieder ein Stück, wir laufen runter zum Hafen und verabschieden ei-

nen Frachter, wir laufen zurück zum Kiez, biegen aber diesmal vor dem Hans-Albers-Platz links ab und landen in der Rakete. Es ist nach Mitternacht, in der Rakete fangen sie langsam an zu tanzen. Ich tanze ja eigentlich nicht. Aber Klatsche hat einen Tanz entwickelt, der geht. Er legt einfach nur seinen rechten Arm um meine Taille, und dann bewegen wir uns in halber Taktzahl, bei sehr schneller Musik nehmen wir ein Viertel. So sieht man nie albern und aufgewühlt aus, und man kann dabei sogar trinken und rauchen. In der Rakete legt der Chef noch persönlich auf, immer samstags. Der Chef hat die schönste dunkelbraune Brillantinefrisur der Stadt, und seine Musik kommt meistens aus Detroit. Also tanzen wir. Wir tanzen zwei, drei Stunden, ich weiß es nicht so genau, aber als wir aus der Rakete taumeln, ist es noch dunkel, hell wird es in diesen Tagen so gegen vier. Weil Klatsche Hunger hat, machen wir auf dem Heimweg halt bei Celiks Grillstation. Wir reden immer noch nicht. Klatsche bestellt ein Bier und Lammbuletten, ich bestelle ein Bier und einen Raki. Die Biere nehmen wir uns aus dem großen Kühlschrank, das Lamm und der Raki werden gebracht.
»Und?«, frage ich. Hoppla. Da ist mir doch glatt was rausgerutscht.
Er grinst mich an und nimmt meine Hand.
»Was und?«
»Liegt hier irgendwo eine Richtung rum?«, frage ich.
»Siehst du eine?«, fragt er.
Er lässt sich nicht aus der Reserve locken. Er will,

dass ich den Anfang mache. Ich will mit ihm zusammen sein. Ich will nicht, dass es aufhört.
Ich kann so was nicht sagen.
»Ich laufe gerne mit dir durch die Stadt«, sage ich. Ich muss dabei auf meinen Lippen rumkauen.
»Wie bitte?«, fragt er. »Ich hab dich ganz schlecht verstanden.«
Pah. Ich hole tief Luft.
»Ich bin gerne mit dir zusammen«, sage ich, und weil ich es laut und deutlich sagen will, sage ich es etwas zu laut, und die Leute an den anderen Tischen drehen sich zu uns um. Klatsche sagt nichts, er grinst nur und lehnt sich entspannt gegen die Wand. Ich versuche, seinem Blick standzuhalten, nehme das Schnapsglas und stürze meinen Raki runter. Er sagt immer noch nichts, und jetzt findet der ganze Laden das sehr interessant, was hier gerade zwischen uns läuft. Bitte, denke ich. Bitte lass irgendwas passieren. Ich fange einfach schnell an zu zählen, damit ich nicht ausraste und auf die Straße renne. Bei sieben kippt der Dönerspieß aus seiner Halterung. Der Mann, der fürs Fleischabsäbeln zuständig ist, kann sich gerade noch mit einem Satz ins Salatbüfett retten. Er schickt einen türkischen Fluch zum Himmel, dann fangen alle Mann hinter der Theke an zu fluchen, es ist ein Riesentohuwabohu. Klatsche grinst mich immer noch an.
»Na, Riley«, sagt er, »haste 'n Schreck gekriegt?«
»Nein«, sage ich, »du?«
Er schüttelt den Kopf und sagt:
»Ich hab ja dich.«

Er schiebt sich ein Stück von seiner Bulette in den Mund, kaut, schüttet einen Schluck Bier hinterher, dann schiebt er sein Essen und mein Bier zur Seite, er beugt sich weit über den Tisch, fasst mir mit beiden Händen in den Nacken, zieht mich an sich und gibt mir einen dicken, fetten Lammhackbierkuss.
»Henri Klassman«, sage ich, »du bist ekelhaft.«
»Nenn mich nicht Henri Klassman«, sagt er.
»So heißt du«, sage ich.
»Aber du weißt«, sagt er, »dass das hier keinen was angeht.«
Er küsst mich noch mal, wir trinken unser Bier aus und gehen nach Hause. Die Männer vom Grill haben den Dönerspieß inzwischen repariert.
Der Laden läuft wieder.

Sie stand auf einer Rolltreppe, die Rolltreppe fuhr nach oben. Sie träumte vor sich hin, dachte an gar nichts. Die Hand, die ihr von hinten unter den Rock fasste, packte fest zu. Es tat richtig weh. Sie schrie den Typen an, als er sich schnell an ihr vorbeidrängte, sie beschimpfte ihn, sie war so wütend. Er rannte die Rolltreppe hoch, oben angekommen drehte er sich zu ihr um und sagte: Was willst du denn, du Fotze. Komm schon her, du Fotze. Ich stech dich ab, du Fotze.

Sie bekam Angst vor ihm und versuchte irgendwie, die Rolltreppe nach unten zu laufen, sie wollte nicht an dem Mann vorbei.

Keiner der anderen Männer auf der Rolltreppe half ihr. Keiner sagte auch nur einen Ton. Manche ließen sie nicht mal durch.

Sonntagsfahrer

Wir sitzen in Klatsches Wohnzimmer im offenen Fenster in der Sonne, wir lassen die Beine nach draußen baumeln, wir trinken warmen, gezuckerten Kaffee und sehen uns den Sonntagmorgen in unserer Straße an.
»Werbespot«, sage ich.
»Reiner Werbespot«, sagt Klatsche. Er hat den Arm um meine Schultern gelegt.
Die Straße ist heute Morgen wirklich wieder wie gemacht für eine gutgelaunte Kaffeereklame. Friedlich, mit genau dem richtigen Schuss Leben. Wäre ich Kaffeekonzernchef, ich würde das hier sofort nehmen. Ich würde ein paar Takte fernsehtaugliche Gitarrenmusik drunterlegen, und dann würde ich ungeschnitten senden.
Die Sonne steht hoch über den Häusern um diese Zeit. Sie gießt ein heimatliches Licht über die Szene.
Der Eisdealer stellt seine runden Eisdielentische und die bunten Stühle raus, und er holt Topf für Topf sein frisch geschlagenes Eis aus der Kühltruhe. Dann trinkt er einen starken, dunklen Kaffee.

Der hübsche Junge vom Gelötemarkt steigt mit Meerwasserlocken aus seinem alten VW-Bus, hinter ihm springen, eins, zwei, drei, die Kinder seiner Freundin aus der offenen Seitentür, seine Freundin klettert hinterher, ihre langen, dunklen Locken sehen aus wie Federn. Die fünf kommen von der Ostsee. Das machen sie oft, einfach mal für eine Nacht an den Strand fahren und unter freiem Himmel schlafen. Er schließt den Laden auf. Nicht, um etwas zu verkaufen, nein. Sonntags machen sie nur auf, um auf der Bank vor dem Laden zu frühstücken. Der andere hübsche Junge vom Gelötemarkt ist inzwischen auch da. Er hat noch ein bisschen dicke Augen, der war wieder lange tanzen, wie so oft, ich hab gehört, dass er ziemlich gut tanzt. Und dann sind da noch zwei Mädchen, die haben wohl im Laden geschlafen, warum auch immer. Sie setzen sich alle zusammen auf die selbstgezimmerte Holzbank vorm Gelötefachmarkt und trinken erst mal Milchkaffee aus großen Gläsern. Ihre Gesichter sehen aus, als wäre es Kakao.
Vorm Kandie Shop treiben sich ein paar Einzelgänger rum. Frühaufsteher, wie der Typ im eleganten Hemd, der dünne Zigarillos raucht und stolz seinen alten Opel Senator bewacht. Der DJ, der zwar letzte Nacht aufgelegt hat, aber trotzdem wie immer um acht hoch ist, entweder, weil er seine Kinder zu Besuch hat, oder einfach, weil es ihm gefällt. Und der Kunsthändler, der mit seinem Hund rausmusste, und dann kann man ja auch gleich draußen bleiben und in Ruhe Zeitung lesen, wenn es schon endlich mal so schön ruhig ist in dieser Straße. Alle drei trinken natürlich Kaffee.

Der DJ einen doppelten Espresso, der Senatormann einen verlängerten Espresso, der Kunsthändler einen Cappuccino.
In der Mitte der Straße, in einer sonnigen Parkbucht, schraubt Rocco Malutki an einer alten Schwalbe rum. Die Schwalbe ist ockergelb, und auf dem hinteren linken Kotflügel klebt ein Bild von Fury im Sonnenuntergang.
»Schau mal«, sage ich, »da ist Rocco.«
»Hab ich schon gesehen«, sagt Klatsche.
Wir nehmen jeder einen Schluck aus unseren Kaffeebechern. Wie gut, dass wir hier oben im vierten Stock sind. Da sieht uns von unten keiner. Wir sind raus aus der Reklamenummer.
»Wo hat der Spinner denn so schnell eine Schwalbe her?«, frage ich. »Der ist doch erst seit ein paar Tagen wieder in der Stadt.«
»Die hat er sich organisiert«, sagt Klatsche.
Organisiert. Schon klar.
»Wie findest du das mit Rocco und Carla?«, frage ich.
Er trinkt seinen Kaffee aus, zieht mich an sich und flüstert mir ins Ohr: »Genau richtig.«
Das kitzelt. Ich schiebe ihn weg und sehe ihn an. Dann sehe ich nach oben in den Hamburger Himmel, dann wieder nach unten in unsere Bilderbuchstraße, und dann passiert etwas sehr Merkwürdiges: Ich weiß, wo ich hingehöre.

*

Klatsche und Rocco schrauben wie die Wahnsinnigen an der alten Schwalbe rum. Das Ding ist schwer zum Laufen zu kriegen. Nach zwei Stunden hatte ich keine Lust mehr, zuzuschauen. Irgendwann ist ja auch mal gut mit auf der Straße Kaffee trinken. Ich hab mich auf den Weg zu Carla gemacht, was anderes trinken.

Carla steht in der Küche und rührt eine rosarote Flüssigkeit in einem großen Krug an.

»Himbeerlimonade«, sagt sie.

Sie schmeißt ein paar Eiswürfel und eine Handvoll Blumen in den Krug.

»Wozu die Blumen?«, frage ich.

»Schmeckt bunter.«

Wir gehen nach vorne in den Laden. Ist nicht viel los heute. Die Leute sind wahrscheinlich alle am Strand. Carla nimmt zwei große Gläser aus dem Regal und gießt uns Limonade ein. Ich setze mich an die Theke, sie stellt sich dahinter und fängt an, Geschirr abzuwaschen.

»Was ist mit der Knarre?«, frage ich.

»Der geht's prima«, sagt sie.

»Hast du die jetzt immer dabei?«

»Dafür hab ich sie gekauft«, sagt sie.

»Und? Fühlst du dich damit besser?«

Sie unterbricht ihren Abwasch.

»Nein«, sagt sie. »Ich fühle mich nicht besser. Mir geht's beschissen. Ich hab Angst, egal, wo ich bin. Ich hab Angst in meinem Bett, ich hab Angst in meinem Bad, ich hab Angst hier im Café, ich hab Angst auf der Straße. Ich hab Angst, wenn ich alleine bin, und

ich hab Angst, wenn ich nicht alleine bin. Ich hab sogar Angst, wenn du bei mir bist. Ich habe das Gefühl, mein ganzes Wesen besteht zu neunzig Prozent aus Angst. Und der Rest ist eine Mischung aus Ekel und Wut.«
»Carla«, sage ich, »ich würde dir so gerne helfen.«
Ich hätte sie so gern beschützt.
»Du kannst mir nicht helfen«, sagt sie, »niemand kann mir helfen.«
»Ich hab in den letzten Tagen manchmal gedacht, dass es dir ein kleines bisschen bessergeht«, sage ich.
»Ich versuch's mit Tapferkeit«, sagt sie. »Ich will mich nicht unterkriegen lassen. Die Arschlöcher haben mir meine Würde genommen, da unten im Keller.« Sie macht mit dem Abwasch weiter und bricht einer Tasse den Henkel ab. »Aber mein Leben kriegen sie nicht.« Sie atmet tief durch und sieht mich an. Da sind Tränen in ihren Augen.
»Zigarette?«, frage ich.
»Ja«, sagt sie.
»Dann komm.«
Wir gehen raus, setzen uns auf den Gehsteig und rauchen, ich hab den Arm um sie gelegt, und sie erzählt mir von Rocco Malutki. Wobei es im Vergleich zu den Geschichten, die Carla sonst immer mit Männern hat, nicht viel zu erzählen gibt. Es gibt keine Sauftouren, keine wilden Nächte, keine Dramen. Es gab lediglich eine vorsichtige Knutscherei mit Hafenblick, unter einer Plastikpalme. Seitdem sehen sie sich jeden Tag. Er kommt einfach immer so gegen Nachmittag im Café vorbei. Wenn Carla dann am Abend

den Laden zuschließt, gehen sie spazieren oder was essen. Und wenn Carla müde wird, bringt er sie nach Hause. Gestern Abend wollte sie nicht alleine sein. Da ist er über Nacht geblieben. Er hat gewartet, bis sie eingeschlafen war, dann hat er sich ins Wohnzimmer verzogen.
»Hört sich gut an«, sage ich.
Sie nickt. »Es stimmt auch nicht, dass ich immer Angst habe.« Sie zieht an ihrer Zigarette. »Wenn Rocco bei mir ist, vergesse ich das manchmal.«
Ich hebe ein paar Steinchen von der Straße auf und lasse sie durch meine Finger rieseln.
»Ich hab mich mit Klatsche vertragen«, sage ich.
Carla grinst mich von der Seite an und hält ihr Glas in die Höhe.
»Prost Limo«, sagt sie.
»Prost.«
Wir rauchen unsere Zigaretten auf, trinken aus und gehen wieder rein.
Ich setze mich noch ein bisschen an die Theke und blättere in der Sonntagszeitung, und dann sitzt da plötzlich diese Frau neben mir, hab ich gar nicht mitgekriegt, dass die reingekommen ist. Sie ist fast so groß wie ich, und weil sie ein Tank-Top trägt, sieht man, dass sie auffällig gut trainiert ist. Das ist eine von diesen Frauen, die unglaublich definierte Arme haben. Ich finde, dass das immer höchst merkwürdig aussieht, aber irgendwie auch sehr anziehend wirkt. Sie hat glatte, hanseatisch blond gesträhnte Haare, die im Nacken zu einem strengen Zopf gebunden sind. Sie sitzt neben mir, liest in der Zeitung von gestern

und trinkt eine von Carlas selbstgemachten Limonaden, ich glaube, das ist Apfel. Irgendwoher kenne ich die Frau. Carla lächelt sie an, als sie an ihr vorbeiläuft.
Ah. Jetzt weiß ich. Die Köchin.
Ich hab ja ihre Sendung gesehen. Ich hab zwar nicht mitgekriegt, worum es da genau ging, weil Klatsche mich die ganze Zeit sparsam von der Seite angekuckt hat, und das hat mich dann doch sehr irritiert, aber die Frau hab ich mir gemerkt. Natürlich vor allem wegen des Essens, das sie offensichtlich in der Lage ist zu kochen, aber auch, weil die echt stramm aussieht. Wie ein Offizier im Köchinnenkostüm. Das ist mir schon aufgefallen, als ich sie am Freitag in der Glotze gesehen habe. In echt ist das noch viel heftiger. Sie hat eine Ausstrahlung, als wäre sie dafür geboren, Befehle zu geben. Ich würde sie mir wirklich gerne genauer ansehen, aber ich will nicht aufdringlich sein. Ich versuche, mich wieder auf meine Zeitung zu konzentrieren.
»Sagen Sie mal, Carla, sind Sie okay?«
Die Köchin hat aufgehört zu lesen und sich Carla zugewendet.
Carla sieht sie an, zuckt mit den Schultern.
»Geht so«, sagt sie. Sie nimmt ein Tuch und wischt einmal über die Theke. »Kein Grund, sich Sorgen zu machen.«
Die Köchin nimmt ihr das nicht ab, das kann ich sehen.
»Ich freu mich auf jeden Fall, dass Ihr Café wieder auf ist«, sagt sie.

Carla lächelt nur und antwortet nicht. Die Köchin lächelt zurück und nippt an ihrer Limonade. Sie hat verstanden, dass Carla nicht darüber reden will. Und sie hat bemerkt, dass ich sie unter die Lupe nehme. Sie dreht den Kopf zu mir und sieht mich an.
»Kann ich Ihnen helfen?«
Oh. Unangenehm. Aber meine Freundin ist auf Zack. Bevor ich anfangen kann, mich blöde durch die Gegend zu entschuldigen, dass ich die arme Frau so anstarre, greift Carla ein und sagt:
»Jules, das ist meine Freundin Chastity. Ich hab ihr von Ihnen erzählt. Sie war neulich nämlich so begeistert von dem Essen im *Taste*.«
Sie setzt noch ein strahlendes Lächeln drauf, und sofort ist ein dezentes, aber freundliches Band geknüpft, zwischen der Köchin und mir. Sie streckt mir die Hand entgegen.
»Jules Thomsen. Freut mich.«
»Hallo«, sage ich. »Chastity Riley.«
Sie hat einen Händedruck wie ein Zimmermann.
»Was hatten Sie denn auf dem Teller?«, fragt sie.
»Fisch«, sage ich, »den mit den vielen Kräutern. Das war eine tolle Sache.«
»Ah ja«, sagt sie und nickt. »Den macht inzwischen mein Sous-Chef. Ich hab die Fischgerichte fast komplett abgegeben.«
»Haben Sie keine Lust mehr auf Fisch?«, frage ich und komme mir vor wie Reinhold Beckmann.
»Doch«, sagt sie, »aber ich finde, man muss sich konzentrieren. Und ich hab mich fürs Fleisch entschieden.«

»Langweilt Sie das nicht? Immer nur Fleisch?«, frage ich. Oder vielleicht ist es wirklich Reinhold Beckmann, der da fragt. Wenn ich Leute zu ihren Gefühlen befrage, komme ich mir meistens vor wie Reinhold Beckmann.
»Überhaupt nicht«, sagt sie. »Ich hab allein sieben verschiedene Würste im Programm, und jede einzelne ist ein Abenteuer, die Kräuter, die Gewürze ...«
Gerade noch wirkte sie so streng. Jetzt, wo sie übers Kochen spricht, wird sie richtig weich.
»Mein Begleiter hatte eine von diesen italienischen Bratwürsten«, sage ich.
»Die Salsiccia mit gebratenen Kartoffeln?«, fragt sie.
»Ja«, sage ich, »genau. Der ist fast wahnsinnig geworden. Er hat gesagt, er hätte noch nie im Leben etwas gegessen, das so geschmeckt hat wie diese Wurst.«
»Sehen Sie«, sagt sie. Sie grinst sich einen. »Was war das für ein Typ, Ihr Begleiter?«
»Ein Anwalt«, sage ich. »Wieso?«
»Es interessiert mich, für wen ich koche. Los, tun Sie mir den Gefallen. Beschreiben Sie ihn.«
»Okay«, sage ich. »Er ist groß, und er ist ziemlich dünn. Er trägt immer Anzüge. Er ist klug, er hat Humor, er hat nicht viel Geld, und er hat ein Herz für die kleinen Leute. Ich glaube, er ist ein guter Mensch.«
»Hm«, sagt sie. Sie wirkt irritiert. »Okay. Das ist selten.« Sie stochert in ihrem fast leeren Limonadenglas.
»Was ist selten?«, frage ich.
»Nette Männer im *Taste*«, sagt sie.

Das Gefühl hatte ich allerdings auch.
»Das Gefühl hatte ich auch«, sage ich.
»Wollt ihr noch was trinken?« Carla huscht an uns vorbei. Der Laden ist inzwischen doch ganz gut voll geworden.
Ich schüttele den Kopf.
»Nein, danke«, sagt Jules Thomsen. Sie fummelt ein Päckchen Zigaretten aus ihrer Tasche.
»Rauchen Sie?«, fragt sie.
»Selbstverständlich«, sage ich.
Wir rutschen von unseren Barhockern, setzen uns an einen Tisch vor der Tür und rauchen. Die Köchin schaut auf ihre Zigarette.
»Sind Sie gut mit Carla befreundet?«
»Wir sind so was wie eine Familie«, sage ich.
»Was ist passiert?«, fragt sie.
Sie sieht mich an. Sie weiß offensichtlich, *dass* etwas passiert ist. Sie ist nicht doof, und sie mag Carla. Ich will sie nicht verarschen. Aber ich will auch Carla nicht in den Rücken fallen. Ich antworte nicht.
»Ist es das, was ich denke?«, fragt sie.
»Ich weiß nicht, was Sie denken«, sage ich.
»Dass ihr jemand was getan hat«, sagt sie. »Man kann ihr ansehen, dass jemand brutal war. Als wären da Risse in ihrem Blick.«
Ich sage nichts dazu. Ich ziehe heftig an meiner Zigarette. Ich finde, das ist auch eine Antwort.
»Ich wünschte«, sagt sie, »solche Typen würden die Angst, die sie verbreiten, ein einziges Mal selbst erleben. Nur ein einziges verdammtes Mal. Ich wette, die würden sich in die Hosen scheißen. Vielleicht wür-

den die sogar sterben vor Angst. Gibt's so was eigentlich? Tod durch Angst?«

*

Der Calabretta wartet vor dem alten Hochbunker am Baumwall auf mich. Als er mich kommen sieht, schiebt er seine Sonnenbrille in die Haare. Seine Augen sind winzig. Ich glaube, er hat die Sonnenbrille heute noch keine Minute nicht aufgehabt. Mein neapolitanischer Kollege sieht müde aus.
»Moin«, sage ich.
»Moin«, sagt der Calabretta.
»Alles klar bei Ihnen?«, frage ich.
Er schiebt sein Kinn vor und zieht die Mundwinkel nach unten. Italienisch für: Weiß nicht. Was soll ich sagen.
Er setzt sich in Bewegung, schaut andeutungsweise nach links und rechts und marschiert über die rote Ampel. Ich stolpere hinterher. Er ist zackig unterwegs.
»Was ist los?«, frage ich, wir sind schon fast an der Kehrwiederspitze. »Schlecht geschlafen?«
»Überhaupt nicht geschlafen«, sagt er.
»Warum das denn?«, frage ich.
»Ich hab mir die letzten beiden Nächte um die Ohren gehauen. Auf dem Kiez und in der Sternschanze.«
Ich wusste nicht, dass der Calabretta noch so exzessiv ausgeht. Ich dachte immer, der ist anders als ich. Ich dachte, der ist erwachsener.
»Neue Freundin?«, frage ich.

»Quatsch«, sagt er. »Wann hatte ich denn zum letzten Mal eine Freundin?«
Stimmt. Mit den Frauen klappt's nicht beim Calabretta. Dabei ist er ein wirklich attraktiver Typ. Ist wohl die typische Bullenkrankheit. Zu viel Arbeit, zu harte Arbeit, zu unberechenbar. Da hat keine Bock drauf.
»Da ist so 'ne Art Todesengel unterwegs«, sagt er. »Da rennt vermutlich eine Frau durch die Nacht und killt Männer. Und wir haben immer noch keine Ahnung, wo wir ansetzen sollen. Das macht mich wahnsinnig.«
»Wie kommen Sie darauf, dass das eine Frau ist?«
»Wir haben diese Locke, die wir an Dejan Pantelics Kopf gefunden haben«, sagt er. »Und ich hab's im Gefühl.«
Irgendwie haben das alle im Gefühl. Ich weiß nicht.
»Ich bin die Ausgehmeilen rauf und runter getigert«, sagt er, »ich war in jeder beschissenen Kneipe, in jedem Club. Ich hatte gehofft, dass mir *irgendwas* oder *irgendjemand* auffällt.«
»Und?«, frage ich.
»Nichts«, sagt er. »Es ist zum Kotzen. Ich weiß nicht mehr weiter.«
Ich hab diesmal auch keinen Schimmer, wo's langgeht, aber das Merkwürdige ist, dass mir auch das herzlich egal ist. Dass wir keinerlei Ermittlungserfolg vorweisen können, berührt mich genauso wenig wie die Tatsache, dass schon drei Männer gestorben sind.
Ich kann mir das nicht erklären. Das passt einfach

nicht zu mir. Wie auch immer. Ich sollte mich langsam mal am Riemen reißen. Wir müssen demnächst ein paar Ergebnisse präsentieren. Der Oberstaatsanwalt wird langsam zappelig. Die Presse sowieso. Die schlachten das inzwischen seit über einer Woche aus und kommen mit den verwegensten Dingern rüber. Knochensägenmassaker. Körperfresser. Hamburg, Stadt der Wasserleichen.

Der Calabretta stratzt durch die Speicherstadt, als hätte er einen Dynamo im Arsch. Er will zum Faller.

»Tut mir leid«, sage ich.

»Was tut Ihnen leid?«, fragt er.

»Dass ich keine Hilfe bin.«

»Ist ja auch nicht Ihr Job, mir zu helfen«, sagt er. »Es reicht, wenn Sie mir Anweisungen geben. Sie sind mein Chef. Sie sind die Herrin des Verfahrens. Oder?«

Der Calabretta ist nicht nur müde. Der Calabretta ist sauer auf mich. Und das zu Recht.

»Vielleicht ist es nicht mein Job«, sage ich, »aber ich finde, es ist meine Aufgabe. Das war beim Faller so, und das war bisher auch bei uns beiden so. Können wir mal ein bisschen langsamer gehen?«

Der Calabretta rennt so, dass ich kaum reden kann.

»Oh. Ja. Klar.« Er haut die Bremse rein und klingt schon wieder sanfter. Der Calabretta ist so ein netter Typ, der kann nicht mal anständig sauer sein. »Machen Sie sich mal keine Vorwürfe.«

»Ich mach mir aber Vorwürfe«, sage ich, »ich weiß auch nicht, woran das liegt, dass ich nicht heißlaufe bei dieser Geschichte. Mal ganz ehrlich: Ist doch ein

geiler Fall. Ich müsste Tag und Nacht mit Ihnen unterwegs sein.«
»Aber?«, fragt der Calabretta.
»Es juckt mich nicht«, sage ich.
»Warum nicht? Es werden unschuldige Menschen getötet. Sie sind doch hier der Gerechtigkeitsfanatiker von uns beiden.«
»Eben«, sage ich.
Der Calabretta bleibt stehen und sieht mich an.
»Was? Eben?«
»Ich habe das Gefühl«, sage ich, »dass die nicht unschuldig sind.«
»Also bitte«, sagt der Calabretta. »Was soll das denn?«
Ich zucke mit den Schultern.
»Ist so ein Gefühl.«
»Das ist ein Scheiß«, sagt er und knufft mich in den Oberarm, »so ein Schwachsinn.«
Das mag ich so am Calabretta. Er behandelt mich nie wie eine Staatsanwältin. Er behandelt mich so, wie er jede andere Bekloppte auch behandeln würde.
Wir gehen weiter, ich zünde mir eine Zigarette an. Es ist mehr als ein Gefühl. Ich bin mir ziemlich sicher, dass die toten Männer nicht unschuldig waren. Ich glaube, die haben was gemacht, und dafür haben sie mit dem Leben bezahlt. Deshalb finde ich es nicht tragisch, dass sie tot sind. Und ich glaube, der Calabretta versteht das nicht.
»Was machen denn unsere Mädchenhändler so?«, fragt er.
»Morgen gibt's die Plädoyers«, sage ich. »Und dann

sind die Typen hoffentlich für ein paar Jahre weg vom Fenster. Alles andere wäre ein verdammtes Wunder.«
»Gut gemacht«, sagt er.
»Selber«, sage ich.
Wir laufen am Kaispeicher vorbei. Da hinten ist der Leuchtturm. Nur der Faller, der ist nicht mehr da.

*

»Ein Mann ohne Bauch ist ein verdammter Krüppel«, hat der Calabretta gesagt und sich auf den kleinen Ring über seinem Gürtel geklopft, und dann haben wir beschlossen, dass wir in die *Kleine Pause* gehen, Currywurst Pommes essen.
Die *Kleine Pause* ist die Art von Imbiss, die es eigentlich nur noch im Fernsehen gibt. Fast rund um die Uhr auf, mit einer Unterbrechung zwischen fünf und sechs Uhr morgens, und mit Stammgästen, die sich die Schichten teilen. Mindestens zwei sind immer da, es gibt also permanent was zu klönen und zu beschnacken. Die Damen vom Grill sehen super aus, jede ist ihre eigene Marke. Die eine zum Beispiel trumpft seit Jahren mit den wildesten Haarfarben auf. Blau, Lila, Rot, gestreift, da war schon alles dabei. Und so sitzen wir jetzt schön an der polierten Achtziger-Jahre-Theke, trinken Alsterwasser vom Fass und lassen uns beschimpfen. Die Beschimpfung durch die Chefinnen gehört in der *Kleinen Pause* dazu. Wer sich gut beträgt, wird liebevoll beschimpft, wer sich nicht benehmen kann, wird richtig beschimpft und fliegt raus. Ich habe den Verdacht, das

ewige Ausschimpfen der Gäste ist im Grunde fürsorglich gemeint. Als müsste man die Leute auf Sankt Pauli ihr ganzes Leben lang erziehen, damit sie auch ja anständig bleiben und keinen Mist bauen.

»Wir kriegen noch zweimal Currywurst Pommes«, sagt der Calabretta in Richtung Theke und reckt den Finger in die Luft. Es dauert ihm zu lange.

»Das wollen wir doch erst mal sehen. Ihr zwei verhungert schon nicht. Nä, mein Dickerchen?«

Der Calabretta nimmt einen großen Schluck von seinem Alsterwasser und versucht, nicht beleidigt zu sein. Er weiß, dass er dann sofort noch eine hinterher kriegt.

»Wie war's eigentlich in Neapel?«, frage ich. »Sie haben noch gar nichts erzählt.«

»Das war schön«, sagt er, und sofort schwimmt ein eigentümlicher Glanz in seinen Augen. Das ist nicht immer so, wenn der Calabretta von Italien erzählt. Das scheint irgendwie tagesformabhängig zu sein. Es gibt Tage, da ist Italien einfach nur ein verkommener Haufen Dreck, mafiaverseucht, korrupt, weinerlich. Und es gibt Tage, an denen ist Italien das gelobte Land, die verlorene Heimat, die große Sehnsucht. Heute ist offensichtlich einer von den sentimentalen Tagen.

»Hätten wir Pizza essen gehen sollen?«, frage ich.

»Die wäre wahrscheinlich schneller auf dem Tisch gewesen«, sagt er. Er tut brummig und schaut aus dem Fenster. Heißt in Calabrettasprache: Lass mich mal kurz. So viel weiß ich inzwischen über meinen Kollegen. Vielleicht ist genau das die Schwelle zur

Freundschaft. Wenn man lernt, die Codes des anderen zu entschlüsseln.
Als unser Essen kommt, sind seine Augen wieder trocken. Er kann mich wieder anschauen.
»Ich war nur drei Tage in Neapel, hab ein paar Freunde getroffen«, sagt er und piekt ein Stück Currywurst auf. »Dann war ich bei meiner Familie. Ich wollte eigentlich nur zum Mittagessen hinfahren. Aber dann bin ich doch dageblieben.«
Ich meine, die Verwandten vom Calabretta wohnen in gefährlicher Nähe zum Vesuv.
»Die wohnen am Vulkan, oder?«, frage ich.
»Richtig«, sagt er. »In einem kleinen Dorf. Da wächst der Wein von den Dächern, und es riecht den ganzen Tag nach Muschelsoße.«
»Ist das nicht ein bisschen gefährlich«, sage ich, »so nah am Vesuv zu wohnen?«
»Wenn der Vesuv ausbricht, explodiert er«, sagt der Calabretta. »Da ist das völlig egal, ob man neben dem Krater sitzt oder auf einer schicken Terrasse in Sorrent. Wenn der Vesuv ausbricht, fliegt die ganze Küste in die Luft. Das Ding hat eine Sprengkraft, die ist absolut tödlich.«
»Oh«, sage ich.
»Aber so ist das im Leben«, sagt er. »Die schönsten Orte sind oft die gefährlichsten.«
Ich hab das Gefühl, jetzt meint er nicht den Vulkan.
»Jetzt meinen Sie aber nicht den Vulkan, oder?«
Er schaufelt sich einen Berg Pommes in den Mund, kaut und schaut wieder aus dem Fenster. Draußen ist Wind aufgezogen. Die Bäume werfen unmotiviert

ein paar Blätter ab. Der Calabretta sieht mich wieder an.

»Ich war nach vielen Jahren mal wieder am Grab meines Onkels. Er war zwei Jahre jünger als ich jetzt bin, als sie ihn beerdigen mussten. Ich hätte nicht gedacht, dass mich das so umhaut. Deshalb musste ich dann auch im Dorf bleiben. Bei meiner Tante Giuseppina. Das kann doch so schnell gehen, und schon kommt der Tod, und dann hat man keine Familie mehr.«

Ich weiß, mein Freund, ich weiß.

»Woran ist Ihr Onkel gestorben?«, frage ich.

»Camorra«, sagt er. »Peppino hatte sich mit der Camorra angelegt. Er war Carabiniere, und er hat seinen Job ernst genommen. Da haben die Wichser ihn umgelegt. Sie haben ihn vor San Domenico Maggiore erschossen und da liegen lassen. Vor einer Kirche, verstehen Sie? Die haben aus meinem toten Onkel eine Botschaft gemacht: Lasst uns in Ruhe, sonst geht's euch wie dem da.«

Er schiebt sich wieder einen Berg Pommes in den Mund und gleich ein großes Stück Currywurst hinterher. Er kann kaum kauen, so voll sind seine Backen.

Ich hab mich immer gefragt, warum der Calabretta so durch und durch Bulle ist, warum er sich manchmal so verbeißt und nie lockerlassen kann. Jetzt weiß ich, warum. Und ich glaube, er neigt zum Kummerspeck.

Ich schiebe meinen Teller weg und schiebe auch seinen zur Seite, dann lege ich meine Hände auf seine

Unterarme und drücke fest zu. Ich würde ihm am liebsten sagen, wie gern ich ihn hab und wie gut es ist, mit ihm zusammenzuarbeiten und nicht mit jemand anders, aber das geht natürlich nicht. Stattdessen sage ich:
»Noch ein Bier?«
Er lacht und kaut und nickt, und dann muss ich auch lachen. Ich lasse seine Unterarme los, hebe die Hand und bestelle zwei Bier.
»Ihr verfluchten Saufnasen«, sagt die Rothaarige, die gestern noch pink war.
»Wissen Sie was«, sagt der Calabretta, als er endlich seinen dicken Klops Fast Food runtergeschluckt hat, »es gibt da in Neapel etwas, das sollten Sie sich eines Tages mal ansehen.«
»Was denn?«, frage ich.
Ich weiß beim besten Willen nicht, was ich mir bei den Itakern ansehen sollte.
»Es gibt da eine Kapelle«, sagt er, »ein unscheinbares Ding, findet man nur ganz schwer. In dieser Kapelle liegt ein Marmorjesus. Vom Kreuz genommen, er hat's hinter sich, jetzt liegt er da. Der liegt da so friedlich, das beruhigt einen unwahrscheinlich, den anzusehen. Der Jesus ist von Kopf bis Fuß mit einem Schleier bedeckt.«
Ein toter Mann aus Stein mit einem Schleier aus Stein. Das ist ja wohl nicht unbedingt was Besonderes in einer Kirche.
»Das ist ja wohl nichts Besonderes«, sage ich.
»Richtig«, sagt der Calabretta. »Aber das Verrückte ist, dass ich diese Figur schon so oft gesehen habe,

und jedes Mal muss ich sie wieder anfassen. Weil ich einfach nicht glauben kann, dass der Schleier aus Marmor ist. Der ist so fein und so luftig, der sieht aus, als würde er sich bewegen. Ich hab in meinem ganzen Leben noch nie einen Stein gesehen, der so wenig wie ein Stein aussieht.«
»Und?«, frage ich. »Was hat das jetzt mit mir zu tun?«
»Mit Ihnen ist es genau andersrum«, sagt er. »Ich hab einfach noch nie jemanden gesehen, der so sehr nach einem Stein aussieht und so wenig einer ist. Ich schwöre Ihnen, Riley, wüssten die Leute davon, sie würden Sie auch ausstellen.«
Ich lehne mich zurück und verschränke die Arme vor der Brust. Ich weiß nicht, was ich sagen soll.
»Wie wär's mit einem Eis?«, fragt der Calabretta und grinst mich so feist an, dass ich nicht anders kann als zurückzugrinsen.
Ich versetze ihm unter dem Tisch einen leichten Tritt, dann stehen wir auf, zahlen, hören uns an, dass wir elende Tagediebe sind, gehen vor die Tür und zur Eisdiele nebenan, holen uns da jeder zwei Kugeln Amarenakirsche und legen uns in die Liegestühle, die auf dem Gehsteig stehen.
Der Calabretta kuckt sich die windigen Baumkronen über unseren Köpfen an. Es weht ein richtig laues Lüftchen. Irgendwie ist es nicht mehr so heiß. Die Schwüle ist ein bisschen raus aus der Atmosphäre.
»Also«, sagt er, »was ist jetzt?«
»Was ist womit?«
»Mit unseren toten Männern«, sagt er. »Wo machen

wir weiter? Der alte Faller war uns ja keine große Hilfe.«
»Gibt's vielleicht irgendwas, woran wir noch gar nicht gedacht haben?«, frage ich. »Die ganz andere Lösung? Eine Ecke, in die wir mit unseren Ermittlungen nicht reinkommen? So eine Art toten Winkel?«
Der Calabretta schaut mich an. Er sieht aus, als würde er etwas sagen wollen, als läge ihm was auf der Zunge, eine Idee, ein Anfang, irgendwas. Aber dann sackt er zusammen, atmet schwer aus und sagt:
»Ich weiß es nicht. Ich bin so müde.«
Es klackert neben mir, und dann kommt eine Frau die drei Stufen aus der Eisdiele runter auf den Gehsteig. Ihre schwarzen Locken sehen aus, als ob sie unter der Farbe schon sehr grau sind, und so sieht auch ihr Gesicht aus, aber die Frisur ist auf eine trotzige Art jugendlich mit einer rosa Klemme am Hinterkopf zusammengesteckt. Zu diesem rührenden Frisurversuch trägt sie einen zipfeligen weißen Spitzenrock, so ein wildes Ding mit Zacken am Saum. Auf ihre Jeansjacke sind haufenweise Pailletten gestickt. Totenköpfe, Blumen, Herzen, Tränen. Sie hat diese bizarren Stoffturnschuhe an, die zwar einerseits Turnschuhe sind, andererseits aber echt hohe, dünne Absätze haben. Gummistöckelschuhe. Dabei kann sie kaum gehen. Sie kommt auf zwei Krücken aus der Eisdiele. Die Frau braucht eigentlich einen Rollstuhl. Ich brauche einen Augenblick, bis ich begreife: Ihr Rollstuhl steht gegenüber. Sie steigt doch tatsächlich in dieses dicke silberne S-Klasse-Coupé, das da schon die

ganze Zeit in zweiter Reihe parkt. Das ist eine richtig fette Zuhälter-Schleuder, voll verchromt und verfelgt, mit allem Pipapo. Nur am linken hinteren Kotflügel, da rostet eine gigantische Beule. Die Frau klettert umständlich in ihren Benz, lässt den Motor an und braust davon. Die Karre hört sich an wie ein Panzer.
»So viel steht fest«, sage ich, »die war's auf jeden Fall nicht.«

Eine Weile, wenn sie abends nach Hause kam, stellte sich der hässliche kleine Mann auf der anderen Seite der Straße an sein Fenster, ließ die Hosen runter und wedelte sich einen von der Palme. Erst hatte er es im Dunkeln gemacht, dann im Licht, inzwischen hampelte er manchmal sogar komplett nackt am Fenster rum. Es ging ihr tierisch auf den Wecker. Sie wollte ihre Ruhe haben und auch mal wieder aus dem Fenster schauen. Deshalb rief sie irgendwann die Polizei an. Die Frau von der Sitte kam auch schnell vorbei. Schaute sich das alles genau an. Sie sah den Wichser sogar in Aktion, zwei Frauen sind besser als eine, dachte der sich wohl.
Ich muss Ihnen leider raten, den Mann nicht anzuzeigen, sagte die Polizistin. Der kriegt vielleicht ein paar hundert Euro Geldstrafe, sagte sie, mehr nicht. Und er wird wissen, von wem die Anzeige kommt. Da kann ich nicht für Ihre Sicherheit garantieren.
Was soll ich machen?, fragte sie.
Sie müssen das wohl aushalten, sagte die Polizistin.

Wie einst Lili Marleen

Ich stehe im Gerichtssaal, der Tag war lang und zäh und wieder so verdammt schwül, diese blöden Verteidiger sind mir mit ihren weinerlichen Plädoyers auf die Nerven gegangen, und jetzt verkündet der Richter sein Urteil, und ich bin kurz davor zu randalieren. Zweieinhalb Jahre. Wenn die Arschköpfe sich im Knast nicht ganz doof anstellen, sitzen sie nächstes Jahr an Weihnachten wieder zu Hause unterm Baum. Das hätte ich im Leben nicht gedacht, dass die Verteidigung mit ihrem Geseiher durchkommt. Von wegen Ersttäter mit echt schlimmer Kindheit. Diese schreckliche Armut. Und organisiert war der Mädchenhandel schon mal gleich gar nicht, die Jungs sind doch Cousins. Die haben sich nur gegenseitig geholfen. Man muss doch von irgendwas leben. Ich kotze. Und die beiden Täter stehen zwischen ihren Anwälten und feixen sich einen auf ihre Muschistrafe. Wäre ich eins von den Opfern, ich würde den ganzen Laden anzünden.
Ich muss hier raus.
Draußen auf der Straße hole ich Luft, rauche eine

Zigarette in drei Zügen und mache mein Telefon an. Fünf Anrufe in Abwesenheit. Einer von Klatsche, vier vom Calabretta. Und eine Nachricht auf der Mailbox:

»Riley, rufen Sie zurück, sobald es geht. Wir haben einen Hinweis. Und der gilt ausnahmsweise sogar mal.«

Ich rufe den Calabretta an, er geht sofort ran.

»Hey«, sage ich, »schießen Sie los.«

»Heute Mittag hat sich einer auf dem Kommissariat in der Lerchenstraße gemeldet. In der Nacht, in der Dejan Pantelic verschwunden ist, will er gesehen haben, wie eine Frau einen Mann zusammengetreten hat. Und so, wie er den Mann beschrieben hat, könnte das tatsächlich Pantelic gewesen sein.«

»Kann er die Frau beschreiben?«

»Jo«, sagt der Calabretta.

»Nicht schlecht«, sage ich. »Warum meldet sich der Typ erst jetzt?«, frage ich.

»Ist 'n ziemlicher Freak«, sagt er. »Der Kollege Schulle nimmt ihn schon eine ganze Weile in die Mangel. Der Typ läuft dieser Frau wohl seit Wochen oder sogar Monaten hinterher. Scheint eine Art Stalker zu sein. Und hat wahrscheinlich Schiss, dass wir ihm deshalb was am Zeug flicken können.«

»Verstehe«, sage ich und winke mir ein Taxi ran. »Dann mal bis gleich.«

*

»Wo sind die beiden?«, frage ich.
Der Calabretta steht auf dem Flur vor den Verhörräumen am Fenster und raucht.
»Auf der Fünf«, sagt er.
Ich klopfe an die zweite Tür von links, zähle bis drei und gehe rein.
Der Typ ist ein schmächtiges Würstchen, vielleicht Anfang, Mitte zwanzig. Er hat raspelkurze dunkle Fusselhaare, seine weiße Kopfhaut schimmert an vielen Stellen durch. Auf seiner pickligen Stirn glitzern Schweißperlen. Er trägt ein schwarzes Kapuzenshirt, eine billige dünne Jeans und knautschige graue Schuhe. Er kaut auf seiner Unterlippe und sieht mich nicht an, als ich reinkomme.
»Das ist Frau Riley«, sagt der Schulle, »die Staatsanwältin.«
Der Fusselkopf brummt was Unverständliches und schaut jetzt doch zu mir rüber. Er wirft einen zudringlichen Blick auf mein Hemd.
Der soll bloß aufpassen. Ich bin in einer schlechten Verfassung, es könnte passieren, dass mich das dringende Bedürfnis überkommt, einfach mal jemandem eine zu ballern.
»Also«, sagt der Schulle, »noch mal jetzt. Sie haben nicht nur gesehen, wie die Frau den Mann mit einem Tritt ins Gesicht zu Boden befördert hat, sondern da war auch noch eine zweite Frau. Habe ich das richtig verstanden?«
Der Fusselkopf rutscht tiefer in seinen Stuhl, verschränkt die Arme vor der Brust und sagt:
»Als der Typ sich nicht mehr geregt hat, hat die Elli

telefoniert. Und dann kam noch 'ne Tusse. Die kam mit 'nem dicken Auto angebraust.«
Ich setze mich auf einen Stuhl in eine dunkle Ecke und verhalte mich ruhig.
»Was war das für ein Auto?«, fragt der Schulle.
»Saab Kombi.«
»Farbe?«
»Dunkel«, sagt er.
»Und dann?«
»Dann bin ich einen trinken gegangen.«
Der Schulle haut sich mit der flachen Hand gegen die Stirn.
»Das ist nicht Ihr Ernst«, sagt er.
Der Fusselkopf schaut ihn an.
»Kann ich 'ne Kippe haben?«
»Nein«, sagt der Schulle. »Hier wird nicht geraucht.«
»Kann ich gehen?«
Wir können ihn nicht festhalten. Das bisschen Stalking, das wir ihm unterstellen könnten, reicht auf keinen Fall, es gibt ja nicht mal eine Anzeige. Das weiß der Fusselkopf aber nicht so genau. Und der Schulle tut das, was ich auch tun würde. Er sagt:
»Das kommt drauf an.«
»Worauf?«
Der Fusselkopf verzieht sein Gesicht, und jetzt sieht er aus wie ein hässliches kleines Tier.
»Darauf, ob Sie uns noch eine halbe Stunde Ihrer Zeit schenken«, sagt der Schulle, »und unseren Spezialisten dabei helfen, zwei Phantombilder zu erstellen.«
»Warum?«

»Weil die Frau Staatsanwältin hier und ich dann so viel zu tun haben«, sagt der Schulle, »dass wir vermutlich vergessen werden, Ermittlungen gegen Sie wegen Stalking einzuleiten.« Er beugt sich ein Stück zu ihm rüber und senkt die Stimme. »Sie kennen ja sicher die aktuelle Gesetzeslage.«
Der Fusselkopf kaut wieder auf seiner Unterlippe. Ich glaube, er ist sehr dumm.
»Okay«, sagt er.
»Sehr gut«, sagt der Schulle und lächelt, »das ist sehr klug von Ihnen.«
Guter Bulle.
Ich stehe auf und verdrücke mich möglichst unauffällig nach draußen. Der Calabretta steht immer noch am Fenster und raucht. Ich gehe zu ihm rüber und zünde mir auch eine an.
»Sieht so aus, als hätten wir mehr Glück als Verstand«, sage ich.
Der Calabretta nickt. Er wirkt, als wäre ihm ein ganzer Kipplaster voller Steine vom Herzen gefallen.
»In spätestens einer Stunde haben wir zwei Phantombilder für die Fahndung und endlich was in der Hand, womit wir arbeiten können.«
Er nimmt einen tiefen Zug von seiner Zigarette.
»Haben Sie eigentlich was vom Faller gehört?«, fragt er. »Ich mach mir ein bisschen Gedanken, weil er gestern Abend nicht am Leuchtturm war.«
»Nein«, sage ich, »ich hab nichts gehört. Ich glaube aber auch nicht, dass irgendwas ist.«
Ich hole mein Telefon raus und rufe den Faller an. Es klingelt sechsmal, dann geht seine Frau ran.

»Hallo?«
»Chastity Riley«, sage ich, »ist Ihr Mann da?«
»Er ist im Garten«, sagt sie. »Er wollte ja schon seit Monaten unsere Rosen schneiden, und jetzt macht er das endlich, ach, ich freu mich so ...«
Ich lasse sie reden, halte die Hand vor mein Telefon und sage zum Calabretta:
»Es ist doch was. Er schneidet Rosen.«
Der Calabretta legt die Stirn in Falten.
»Soll ich meinen Mann für Sie an den Apparat holen?«, fragt Frau Faller. Sie klingt aufgekratzt. Wie ein junges Mädchen. Sie freut sich richtig.
»Nein«, sage ich, »nein, nein. Ist nicht so wichtig.«

*

Später, als Klatsche und ich auf meinem Balkon sitzen, auf dem warmen Beton, mit dem Rücken an die Balkontür gelehnt und den Füßen im Efeu vertäut, zähle ich die Funzeln am Himmel. Ich zähle schon eine ganze Weile. Ist gut für die Nerven. Klatsche singt *Lili Marleen*. Klatsche singt ziemlich schlecht, aber das ist ihm egal. Und mir gefällt es sogar, wie er singt. Es kratzt so schön in den Ohren. Er sagt, *Lili Marleen* singt er nur für mich. Weil der Song angeblich so gut zu mir passt. Ein bisschen deutsch, ein bisschen amerikanisch, ein bisschen Frau, ein bisschen Soldat, ein bisschen Blume, ein bisschen Bier.
Bei »Laterne« und Funzel Nummer hundertsiebenundzwanzig höre ich auf zu zählen. Ist gut jetzt. Ich löse mich vom Nachthimmel, rutsche ein Stück näher

an Klatsche ran und schaue mir unsere Straße an. Es ist Montagabend, alle liegen in sauer vom Wochenende, und es war dann doch wieder schwül heute. Nichts los da unten. Zwei Mädels hängen vorm Plattenladen rum und zwei vor dem schlechten Thai-Imbiss. Vorm Gelötemarkt knutscht ein Pärchen. Vor unserer Haustür höre ich zwei Typen reden, aber ich kann nicht verstehen, was sie sagen. Ich glaube, es geht um Flugzeuge. Mehr passiert nicht. Es ist, als wäre die Stadt im Laufe des Tages in eine Art Wärmezeitlupe gefallen, das passiert abends oft zurzeit, und jetzt lohnt es sich auch für niemanden mehr, da noch rauszukommen. Die Blätter an den Bäumen winken nur ganz, ganz langsam, die Lichterketten vor den Läden und Cafés glimmen nur leise, sogar die gammeligen Jugendstilfassaden haben aufgehört zu bröckeln, und ich glaube, ich habe den ganzen Abend noch keine Mücke gesehen. Niemand hat Interesse daran, sich groß zu bewegen. Wer heute arbeiten musste, hat den ganzen Tag geschwitzt und sich dann in der lauwarmen Dusche vergessen. Wer nicht arbeiten musste, lag schon seit heute Morgen am Elbstrand herum und bleibt natürlich auch dort liegen, wenn die Dämmerung kommt. Dann wird der Strand ja erst richtig schön.
Klatsche zündet sich eine Zigarette an.
»Gib mir auch eine«, sage ich.
»Die ist doch für uns beide«, sagt er, küsst mich und bläst mir Rauch in die Lunge.
Dann legt sich wie eine blausamtene Decke die Nacht auf unsere Scheitel, und wir schlafen ein. Vier Stock-

werke über unserer Straße glittern wir einfach weg, und ich vergesse alles. Ich vergesse die Köpfe und die Hände und die Füße in den Müllsäcken. Ich vergesse den toten reichen Sohn und seinen kalten Vater. Ich vergesse die Mädchenhändler und die Mädchen. Ich vergesse sogar, was man Carla angetan hat. Ich vergesse den ganzen blöden Scheiß, bis zum Morgengrauen.

Er lief ihr seit bestimmt zehn Minuten hinterher. Egal, in welches Geschäft sie ging, in welche Straße sie einbog, er lief ihr hinterher. Er kam mit in die U-Bahn-Station, er stieg in denselben Wagen, er stieg sogar mit ihr um. Er blieb ihr einfach auf den Fersen, hörte nicht auf damit. Erst nervte es nur, dann wurde es unheimlich. Er machte ihr Angst, weil er sie auch so anglotzte. Ihr Herz klopfte unschön, und sie fing an zu schwitzen. Aber dann war sie das eine Mal schneller als er, sie war raus aus der Bahn, und er war noch drin.

Als die Bahn weg war, stand sie am Bahnsteig und heulte. Sie war so wütend. Weil sie sich wieder mal nicht gewehrt hatte. Dieses Arschloch hatte ihr Angst machen dürfen, einfach so, weil er Bock drauf gehabt hatte, und sie hatte sich nicht gewehrt. Der hatte sein Vergnügen gehabt, sie die Arschkarte. Das nächste Mal, so schwor sie sich, würde sie sich wehren.

Das nächste Mal würde sie vorbereitet sein.

The Keller-Situation

Die Frau auf dem Bildschirm hat lange Locken und sieht aus wie eine freundliche Version von Heidi Klum. Eine totale Allerweltsfresse. Als Phantombild vollkommen wertlos.
»Damit kann man ja gar nichts anfangen«, sage ich.
»Richtig«, sagt der Calabretta und stützt seinen Kopf auf seine linke Hand. Er sieht frustriert aus. Als hätte jemand ein Schild auf seine Stirn getackert, auf dem steht: Immer dieses Nichts.
»Und dann haben wir noch das hier«, sagt der Schulle. Er macht ein zweites Bild auf. Wenn es nicht so bitter wäre, würde ich lachen. Das zweite Bild ist ungefähr so aussagekräftig wie ein Strichmännchen. Mit ein bisschen Vorstellungskraft könnte man erkennen, dass es eine Frau darstellen soll. Der Calabretta stöhnt.
»Boah. Können wir das bitte zumachen? Ich will das nicht mehr sehen.«
Draußen hört man den Brückner mit der Kaffeemaschine kämpfen. Der Brückner flucht und tritt, die Maschine duckt sich und steckt ein.

»Der Typ konnte sich nicht mal wirklich auf die Haarfarben der Frauen festlegen«, sagt der Schulle. »Er meint, vielleicht war die eine blond, die andere vielleicht auch, aber er konnte das nicht sicher sagen. Vielleicht wollte er auch nicht. Ich hab echt alles versucht.«

Jetzt hat der Calabretta seine Stirnbeschilderung an den Schulle weitergereicht.

»Und wie sieht's mit der Beschreibung des Opfers aus?«, frage ich.

»Besser«, sagt der Schulle. »Wir haben ihm Fotos von Dejan Pantelic gezeigt, und er hat gesagt, das könnte der Mann gewesen sein. Wir gehen da jetzt mal von aus. Und hoffen, dass das auch richtig ist und wir nicht noch ein viertes Opfer irgendwo rumliegen haben.«

»Immerhin wissen wir jetzt, dass wir nach zwei Frauen suchen«, sage ich. »Köpfe nicht hängen lassen, okay? Wie fahnden Sie nach den Frauen?«

»Wir setzen Einheiten in Zivil auf dem Kiez ein«, sagt der Calabretta, »die sind seit gestern Abend unterwegs. Unser Zeuge konnte wenigstens ziemlich genau sagen, wo er die Frau mit den Locken regelmäßig gesehen hat, das war immer irgendwo zwischen Simon-von-Utrecht-Straße und Wohlers Allee. Die Kollegen patrouillieren großräumig in der Ecke und heften sich jeder Frau an die Fersen, die auch nur entfernte Ähnlichkeit mit dem Phantombild hat. Ansonsten suchen wir weiter nach Querverbindungen zwischen den Opfern.«

Ich gehe zum offenen Fenster und zünde mir eine Zigarette an. »Aber wo die Frau wohnt oder wo sie arbeitet, wusste unser Zeuge nicht zufällig, oder?«, frage ich.

»Er hat Stein und Bein geschworen, dass nicht«, sagt der Schulle, »aber es muss ja irgendwo in der Gegend gewesen sein.«

Der Brückner ist inzwischen wieder im Raum, er hält einen Becher Kaffee in der Hand und setzt sich auf die Tischkante seines Schreibtischs.

»Ich war noch mal bei der Freundin von Dejan Pantelic«, sagt er, »und bei einer Ex von Jürgen Rost. Da kam nichts Neues bei rum, aber ich hatte das Gefühl, dass auch Rost nicht sonderlich viel Respekt vor Frauen gehabt hat. Hörte sich einfach so an, wisst ihr? So die Art, wie die Frau von ihm gesprochen hat. Und dass Pantelic ab und an mal zugeschlagen hat, wissen wir ja auch. Gentlemen waren das auf jeden Fall beide nicht.«

»Und Hendrik von Lell stand wegen versuchter Vergewaltigung vor Gericht«, sage ich.

»Genau«, sagt der Brückner.

»Okay, Männer«, sagt der Calabretta, »ich will alle Ex-Freundinnen, Liebschaften, Bekanntschaften von allen drei Opfern. Klemmt euch noch mal ans Umfeld. Da muss es eine gemeinsame Frau geben.«

»Und die muss wegen irgendwas auf alle drei sauer sein«, sage ich. »Stinksauer.«

*

Eigentlich müsste mir gefallen, was ich sehe. Carla steht in ihrem Café hinterm Tresen und macht für Klatsche und mich zwei Gläser mit Weißwein fertig. Rocco Malutki steht neben ihr und sortiert Tassen in die Spülmaschine. Aber irgendwas an dem Bild ist nicht in Ordnung. Es liegt Aggression in der Luft. Eine gewaltige Aggression. Irgendwas stimmt hier nicht. Klatsche hat es auch gemerkt.
»Hört mal, ihr Bagaluten«, sagt er, »was ist hier los?«
»Wie?«, fragt Rocco. »Was soll denn los sein?«
»Nix ist los«, sagt Carla.
Das kam zu schnell.
Jetzt ist es keine Frage mehr, dass hier *auf jeden Fall* was los ist.
Carla stellt Klatsche und mir zwei sehr volle Gläser Wein vor die Nase, klimpert mit den Wimpern und haut ihr lieblichstes Lächeln raus.
Klatsche schüttelt den Kopf und lacht. Und ich sage: »Hey. Verarschen kann ich mich selbst. Was zum Teufel ist hier los?«
»Ich weiß überhaupt nicht, was du meinst«, sagt Carla und schaut mich betont verwundert an.
Rocco räumt weiter hochkonzentriert die Spülmaschine ein, und ich finde, es sieht aus, als würde er hinter all den Tassen und Gläsern in Deckung gehen.
»Warte mal ...«, sagt Klatsche, springt auf und ist eine Sekunde später an der Tür, die runter zum Keller führt. Rocco macht einen Satz hinter der Theke hervor. Er will Klatsche aufhalten, aber der ist schon auf der Treppe. Rocco sprintet hinterher.

»Wie schön, liebe Carla«, sage ich, »offensichtlich ist ja wirklich alles in bester Ordnung.«
Sie zieht eine Flunsch, und dann erscheint Klatsche auch schon wieder auf der Kellertreppe. Er hat ein merkwürdiges Grinsen im Gesicht und sagt:
»Chas, kommst du mal, bitte?«
Ich stehe auf, gehe zur Treppe und folge Klatsche in den Keller. Im Keller stehen zwei Stühle, die an den Lehnen aneinandergebunden sind. Auf den Stühlen sitzen zwei Typen. Die Typen sind mit Armen und Beinen an die Stühle gefesselt. In ihren Mündern stecken schwarze Sockenknebel. Die beiden armen Schweine sehen unfassbar lächerlich aus.
»Was soll das sein?«, frage ich. »Pulp Fiction?«
Rocco lehnt an der Wand, schaut Klatsche an und sagt nichts. Klatsche zündet eine Zigarette an, zieht kräftig und reicht sie an mich weiter.
»Ich glaube, ich weiß, wer das ist«, sagt er.
Ich glaube, ich auch. Die beiden Männer haben die Augen weit aufgerissen, einer versucht verzweifelt, mit mir zu reden. Ich ignoriere ihn und ziehe an meiner Kippe.
»Erklärung, bitte«, sage ich zu Rocco.
Rocco fährt sich mit der Hand übers Kinn.
»Die sind gestern Nacht zufällig ein paar Freunden von mir in die Arme gelaufen«, sagt er.
»Ach nee«, sagt Klatsche. »Zufällig.«
»Ein paar Freunden in die Arme gelaufen«, sage ich, »na, so was. Wie konnte das nur passieren? Hatten die Freunde zufällig Phantombilder von zwei Vergewaltigern in der Tasche?«

Ich ziehe an meiner Zigarette.
»Und dann wusstet ihr euch nicht anders zu helfen, als die Arschlöcher erst mal hier zwischenzulagern, bis sie Schimmel ansetzen? Oder wollte Carla denen heute Abend in aller Ruhe die Eier rausholen?«
Die beiden Männer zucken zusammen, der eine von beiden, der große, kräftige, fängt an zu wimmern.
Rocco hebt die Hände und macht ein ultra-unschuldiges Gesicht.
»Bleib du hier«, sage ich zu Klatsche. »Ich rede mit Carla.«
Ich gebe ihm meine Zigarette und gehe nach oben. Carla steht zwischen Kellertür und Tresen und hat die Hände in die Hüften gestützt.
»Das ist meine Sache«, sagt sie, »halt dich da raus.«
»Carla«, sage ich, »das ist Freiheitsberaubung. Dafür könnt ihr in den Knast gehen.«
»Nicht, wenn du die Schnauze hältst«, sagt sie.
»Liebes, ich bin Staatsanwältin. Ich kann nicht einfach die Schnauze halten.«
Sie rauft sich die dunklen Locken. Sie sieht wild aus.
»Die blöde Bullette hat sich überhaupt nicht angestrengt!«, schimpft sie. »Das war der scheißegal, ob diese Pisser weiter frei rumlaufen!«
»Woher willst du das wissen?«, frage ich.
»Ich hab zehn Tage darauf gewartet, dass irgendwas passiert«, sagt sie. »Ich hab wieder und wieder da angerufen und gefragt, ob sie schon was haben. Nichts. Die haben immer nur gesagt, das läuft. Aber ich schwör dir, die haben keinen Finger gerührt.«
»Carla«, sage ich, »so was geht nicht so schnell.«

»Ach, nee?« Sie verschränkt die Arme vor der Brust. »Rocco hat Sonntagabend ein paar Leute gefragt, ob sie uns helfen können. Und heute Morgen saßen zwei gefesselte Vergewaltigerschweine in meinem Keller.«
Ich schüttele den Kopf.
»Carla«, sage ich, »ich muss die Polizei rufen.«
»Chastity«, sagt sie, »ich weiß, dass die Aktion hier offiziell nicht so richtig für mich spricht. Vielleicht glauben die mir dann nicht mehr. Ich hab Angst, dass sie die Typen dann wieder laufenlassen. Und du glaubst doch nicht im Ernst, dass ich die Letzte war, mit der die so was gemacht haben. Das sind brutale Wichser. Die machen das wieder!«
Ich lege ihr die Hände auf die Schultern. Sie fängt an zu zittern, und ich sehe, wie ihr die Tränen in die Augen schießen. Ich nehme sie in den Arm.
»Die kriegen ihre Strafe«, sage ich, »ganz sicher. Und dir passiert nichts. Dafür sorge ich.«
Ich gehe in den Keller, bespreche mit Klatsche und Rocco, was genau wir sagen, und dann rufe ich die zuständigen Kollegen an.
Es dauert eine Weile, bis sie da sind. Ich weiß nicht, ob ich da jetzt von Carla beeinflusst bin, aber ich finde, die Herrschaften wirken wirklich ein bisschen unengagiert. Sie pupen ordentlich rum, auch wenn ich mir eine echt wasserdichte Geschichte ausgedacht habe, warum die Situation jetzt so ist, wie sie ist: Carla hat seit Jahren einen Verehrer auf dem Kiez. Sie weiß nicht, wer das ist, sie weiß nicht, wie er heißt, sie weiß nicht, wie er aussieht. Sie weiß nur, dass es jemand aus der Unterwelt sein muss, vom Hörensagen.

Sie hat den Mann noch nie gesehen, aber hinter vorgehaltener Hand tuschelt der ganze Kiez. Und ihr Verehrer macht ihr immer mal wieder etwas fragwürdige Geschenke. Sie erzählt irgendwem, dass ein Depp die Zeche geprellt hat – am nächsten Tag hat der ein blaues Auge. Sie beschwert sich in lustiger Runde, dass ein Nachbar ihr immer den Parkplatz wegschnappt – zack, wird dem der dicke Audi A8 geklaut. Genauso ist es dann wohl auch mit den Vergewaltigern gelaufen. Sie hat's den falschen Leuten erzählt. Prompt saßen die Jungs gefesselt und geknebelt in ihrem Keller. Als Geschenk. Carla hat mich dann natürlich sofort angerufen, die Ärmste war ja richtig in Panik. So was aber auch.

Meine Kollegen schämen sich offensichtlich kein Stück dafür, dass nicht sie es waren, die Carlas Peiniger geschnappt haben, sondern dieser unbekannte Verehrer, offiziell. Und sie machen sich ziemliche Sorgen darum, dass den beiden Delinquenten hier jemand Gewalt angetan haben könnte. Das ist doch eine Frechheit.

Je länger ich mir das blöde Getue anschaue, desto wütender werde ich. Verdammte Scheiße. Hätte ich Carla mal machen lassen.

*

Ich bin wieder nicht an der roten Lampe vorbeigekommen. Das passiert mir oft. Ich will eigentlich nur nach Hause gehen, und dann ist vorm Nachthafen diese Lampe an. Tagsüber ist das eine schlichte weiße

Milchglaslaterne über einer unspektakulären Kneipentür. Vollkommen unauffällig. Da geht man leicht dran vorbei. Aber sobald es dämmert, fängt die Lampe an zu glühen. Ihr Licht ist von einem blassen Rot, fast ein bisschen pink. Eine Farbe, wie sie die Wangen von Comicfiguren annehmen, wenn sie sich verlieben. Die Laterne strahlt nicht. Sie wirft kein Licht. Sie beleuchtet nur sich selbst. Sie wirkt unglaublich zufrieden. Vielleicht ist es das, was mich so anzieht. Ich will für ein paar Stunden Teil dieser Zufriedenheit sein.
Und schon sitze ich wieder im Nachthafen an der Bar und habe einen doppelten Wodka auf Eis vor mir. Klatsche hat sein erstes Bier direkt inhaliert, er bestellt ein zweites.
Wir haben noch lange mit Carla und Rocco diskutiert. Wir sind beide müde, ich fühle mich abgewohnt und beige. Ich setze meinen Wodka an und nehme einen großen Schluck.
»Es war richtig, die Bullen anzurufen«, sagt Klatsche.
»Nein«, sage ich. »Es war falsch. Ich könnte mir eine knallen, dass ich von hier bis Montreal fliege.«
Carla hätte die beiden Männer ja nicht gekillt.
»Carla wollte den Typen doch nur ein bisschen Angst einjagen«, sage ich. »Wär' doch fair gewesen.«
»Und wahrscheinlich hätte sie ihnen auch noch ein bisschen weh getan«, sagt Klatsche. »Oder weh tun lassen. Es war richtig, die Bullen zu rufen, Chas. Rocco kennt jede Menge Männer ohne Nerven. Das hätte auch schnell heftig werden können.«

»Und wenn schon«, sage ich. »Die Pissbirnen haben ihr auch weh getan.«
»Seit wann bist du der Auge-um-Auge-Typ?«
Ich kippe meinen Wodka.
»Seit heute«, sage ich.
Ich bestelle mir noch einen Wodka und ein Bier, und Klatsche kriegt auch noch eins. Mir ist nach trinken, nicht nach reden.
»Dir ist nicht nach reden, hm?«
Ich nicke.
Er nimmt meinen Kopf in seine Hände, gibt mir einen Kuss auf den Scheitel, und dann trinkt er sein Bier und lässt mich in Ruhe. Das sind dann so die Momente. In denen ich dankbar bin, dass Klatsche an meiner Seite ist und niemand anders.
Irgendwann zwischen unserem dritten und vierten Bier klingelt Klatsches Notfalltelefon. Das 24-Stunden-Schlüsseldienst-Telefon. Er geht ran. Muss ja. Er gibt sich große Mühe, nüchtern zu klingen.
»Verstehe«, sagt er. »Abgeschlossen?«
Er schaut mich an, und dann verdreht er die Augen.
»Oje. Wo?«
Er nimmt einen Stift von der Theke und schreibt sich eine Adresse auf die Hand.
»Okay«, sagt er. »Ich bin so in zehn Minuten da.«
Er legt auf, rutscht vom Barhocker und schnappt sich seine Jacke.
»Schlüssel verloren«, sagt er. »Vorher aber schön zweimal abgeschlossen. Plus Sicherheitsbalken, viermal abgeschlossen. Das wird 'ne dicke, fette Aktion, Baby. Du musst ohne mich weitertrinken.«

Er fasst mir zum Abschied doch tatsächlich an den Busen. Ich glaube, er ist ganz schön angeknallt. Ich bin es auf jeden Fall.
»Willst du noch mit dem Volvo fahren?«
»Selbstverständlich«, sagt er. »Aber verpfeif mich nicht bei den Bullen, okay?«
»Du kleines Arschloch«, sage ich.
»Ich dich auch«, sagt er.
Ich bestelle mir noch einen doppelten Wodka und ein großes Glas Wasser.
Wie gut, dass ich all die Jahre, bevor Klatsche kam, gelernt habe, alleine zu trinken.
Ich trinke das Wasser aus und schiebe meinen Barhocker von der Theke weg an die Wand. Ich setze mich, lehne mich zurück und halte mich am Wodka fest. Ich sehe mir die Discokugel an. Wie sie glitzernde kleine Quadrate an die dunkelrote Seidentapete wirft. Ich mache die Augen zu und höre die Musik. Screamin' Jay Hawkins. So was spielen die auch nur hier.
»Guten Abend.«
Ich mache die Augen auf und brauche einen Moment, um die Frau einzuordnen.
»Jules Thomsen«, sagt sie, »erinnern Sie sich?«
»O ja. Klar«, sage ich. »Tut mir leid.«
»Ist ja auch schon spät«, sagt sie und schickt mir ein verständnisvolles Lächeln rüber. Sie hat sofort kapiert, dass ich nicht mehr so richtig auf Sendung bin.
»Ich bestelle mir mal eben was, und dann trinken wir zusammen«, sagt sie.
Puh. Jetzt hab ich grade so schön mit mir selbst im Kreis gesessen.

»Mich holen Sie heute nicht mehr ein«, sage ich.
»Sie wissen nicht, wen Sie vor sich haben«, sagt sie, dann bestellt sie, und ich staune. Sie nimmt ein Bier, einen Korn und einen doppelten Gin Tonic.
»Nicht schlecht«, sage ich.
»Prost«, sagt sie, und da ist der Korn auch schon weg. Dann, eins, zwei, drei, das Bier. Für den Gin lässt sie sich ein bisschen mehr Zeit. Sie schiebt sich einen Barhocker zu mir an die Wand, lehnt sich zurück, lässt das Waschmittel ein bisschen ins Gehirn einwirken und sagt dann:
»Ich hasse meinen Job.«
»Sie machen den Menschen was zu essen«, sage ich. »Das ist doch ein großartiger Job.«
»Ja, das könnte wunderbar sein«, sagt sie, »wenn ich es richtig machen würde, in einem echten Restaurant, mit echten Gästen. Leuten, die ich mag.«
Ich nippe an meinem Wodka. Ich zünde mir eine Zigarette an und gebe ihr auch eine.
»Danke«, sagt sie. »Wissen Sie, ich habe gerade wieder zehn Stunden in dieser Küche hinter mir. In meiner eigenen Küche, in meinem eigenen Restaurant. Und es kotzt mich an. Das ist Show-Küche, was wir da machen. Das ist alles Fake. Das ist Chichi. Das ist viel zu teuer und blöd wie die Nacht. Das braucht kein Mensch. Das ist Arschgesichter-Food für Arschgesichter. Ich verschwende mein Talent. Ich hasse es, für diese Leute zu kochen.«
»Warum machen Sie's dann?«, frage ich.
Und warum erzählt sie mir das alles?
»Hat sich so ergeben«, sagt sie. »Irgendwie hat sich

das so ergeben. Pardon, ich will Sie nicht vollsabbeln.«
»Ist schon okay«, sage ich. »Was keine Miete zahlt, muss raus.«
Sie leert ihr Glas und bestellt sich einen neuen Gin.
»Was trinken Sie da?«
»Wodka«, sage ich.
»Dann bitte auch noch einen Wodka«, sagt sie zum Barmann.
Ich bin mir nicht sicher, ob ich noch mehr trinken sollte.
»Im Grunde müsste ich den Laden einfach verkaufen und die Fliege machen«, sagt sie.
»Aber?«, frage ich.
»Ich hab die Zeit nicht dafür«, sagt sie. »Ich arbeite so viel, dass ich nicht mal die Zeit habe, damit aufzuhören.«
Unsere Getränke kommen.
»Prost.«
»Prost«, sage ich.
»Und was ist mit Ihnen?«, fragt sie.
»Was soll mit mir sein?«, frage ich. Es dauert nicht mehr lang, und ich sehe zwei Köchinnen vor mir.
»Mögen Sie Ihren Job?«
»Meistens schon«, sage ich. »Heute nicht.«
Ich trinke meinen Wodka aus und drehe das nächste Glas zwischen den Fingern.
»Warum nicht?«
»Weil ich mir nicht mehr sicher bin«, sage ich, »ob ich noch auf der richtigen Seite stehe.«
»Dann wechseln Sie doch die Seite«, sagt sie.

»Dann verkaufen Sie doch Ihr Restaurant«, sage ich. Sie sieht mich an, und ich sehe sie an, und dann hält sie mir ihr Glas hin, und wir stoßen noch mal an, und dann hören wir Screamin' Jay Hawkins, soviel wir können, und dann verliert mein Kopf den Faden.

Sie ist erstaunt, dass es so einfach ist. Dass es so leicht geht. Dass das bisschen Training so schnell Wirkung zeigt. Vor drei Wochen noch hat sie sich vor jedem Mann gefürchtet, der ihr entgegenkam. Aber eben hat sie einfach diesen Tritt gesetzt. Der Trainer hatte Recht. Man braucht nicht viel Kraft. Man braucht nur ein bisschen Tempo und ein genaues Ziel. Ja. Und jetzt liegt da einer auf dem Boden, mitten auf dem Gehsteig. Ist eine dunkle Ecke hier, und es ist schon weit nach Mitternacht, da kommt so schnell keiner vorbei. Trotzdem. Irgendwas muss sie ja wohl machen. Sie kann den doch nicht einfach hier liegen lassen. Tot. Wenn sie die Polizei ruft? Was soll sie sagen? Dass der sie angesprochen hat? Dass er sie »Bückstück« genannt hat? Und dann hat sie ihn gleich umgebracht? Aus Versehen? Soll sie das sagen? Klingt nicht gut.
Sie denkt eine Minute nach, dann tut sie, was Frauen in schwierigen Situationen eben tun: Sie ruft ihre beste Freundin an.

Wie einfach auch das war, zu zweit: toten Mann ins Auto schaffen, toten Mann vom Auto über den Hintereingang in die leere Küche schaffen, toten Mann ins Kühlhaus hängen. Niemand wird etwas bemerken. Das Kühlhaus darf ja keiner betreten, nur die Chefin. Da hat niemand sonst einen Schlüssel für, aus Prinzip. Da kann man schon mal was lagern, wenn man die Chefin ist. Und die Chefin kümmert sich jetzt auch persönlich darum, dass alles verschwindet. Der Kopf, die Hände und die Füße, die kommen weg. Der Rest wird verarbeitet. Wie Schweinehälften immer verarbeitet werden. Die Chefin macht die Würste oft über Nacht, wenn die Küche ihr allein gehört. Und legt das Fleisch ein, damit es gut mariniert. Oder bereitet schon mal das Ragout für den nächsten Tag vor. Je länger so ein Ragout vor sich hin schmort, desto besser. Gute Verarbeitung ist der Chefin wichtig, gute Produkte, gute Gewürze, keine blöden Mischungen oder Fertiggeschichten, wie sie in anderen Küchen oft verwendet werden.
Man weiß heutzutage ja meistens gar nicht mehr, was da drin ist, im Essen.

Menü

Vorspeisen

*Crostini mit Leberfarce und
grünen Weintrauben
Büffelmozzarella mit gekochtem
Rosmarinschinken
Kleine Salsicce Lucane mit schwarzem Pfeffer und
marinierten Peperoncini
Warmer Kopfsalat mit Steinpilzen*

Hauptspeisen

*Orecchiette al Ragù in Amarone
Hausgemachte Knastpralinen mit
Kartoffel-Weingurken-Salat
Ofenrouladen mit Pflaumen und Koriander
in Tamarindenjus
Salbei-Salsiccia auf
Rotwein-Tomaten-Ratatouille
Ochsenschwanzragout alla Cavour
mit Buttergnocchi*

Marsala-Schnitzel mit frischem Fenchel
*Französische Blutwurst mit Äpfeln und
Majoranbrot*

Desserts

*Kirschkuchen mit Vanillemilchschaum
und Eierbiskuit
Kastanien in Herrenschokolade*

Sie läuft durch die Stadt. Sie sucht jemanden. Einen, der ihr dumm kommt. Der sie blöd anmacht. Dem sie einen vor den Latz knallen kann. Es wird Zeit, dass mal wieder einer einen vor den Latz kriegt, einer von diesen Arschlöchern. Haben es alle verdient. Sind doch alle gleich. Sie läuft und läuft und läuft. Hat sicherheitshalber ihren extrakurzen Rock angezogen. Da muss doch einer kommen und sie anmachen. Sie kommen immer und machen sie an.
Da. Der da.
Er kommt auf sie zu. Er sieht sie an. Er sieht nett aus. Jung, freundlich, gut erzogen. Sie weiß, dass das nur Fassade ist. Ihr macht er nichts vor. Ist eine dunkle Ecke hier, da spricht man keine Frau an. Können die sich das nicht denken? Dass die Frau da Angst kriegt, wenn sie sie hier ansprechen? Dass sie keine andere Wahl hat, als sich zu wehren?
Entschuldigung, sagt er, hätten Sie vielleicht mal Feuer?
Zack, das war's, Freundchen. Ausgeraucht.

Schlachttag

Mein lieber Herr Gesangsverein. Hab ich einen schweren Kopf. Meine Augenlider sind noch schwerer. Nicht aufzukriegen, die Dinger. Keine Chance. Irgendwo höre ich Klatsche reden, aber ich kann nicht sagen, wo, was und warum. Was macht der überhaupt hier? Wir sind doch gestern gar nicht zusammen nach Hause gekommen. Oder? Ich versuche, den Kopf zu heben. Geht nicht. Wenigstens habe ich inzwischen kapiert, dass Klatsche telefoniert. Ich glaube, er kommt näher. Heiliger Strohsack. Ist das laut.
Als er endlich, endlich aufgelegt hat, schaffe ich es, ganz langsam meine Augen aufzumachen.
»Was machst du hier?«, frage ich.
»Mein Gott«, sagt er, »es spricht.«
Ich drehe mich auf den Bauch, stütze mich auf meine Ellbogen und halte meinen Kopf fest.
»Aua«, sage ich.
Klatsche setzt sich zu mir aufs Bett und hält mir ein Glas hin. In dem Glas ist Wasser, und es sprudelt.
»Hier«, sagt er. »Aspirin.«

Ich schaffe es tatsächlich, mich aufzusetzen, das Glas zu nehmen und zu trinken. Klatsche sieht mich an und grinst.
»Was machst du hier?«, frage ich noch mal.
»Du fragst mich, was ich in meiner Wohnung mache?«
»Was?«
»Wir sind in meiner Wohnung, du Alki.«
»Oh. Warum?«
»Ich hab dich an der Haustür aufgelesen«, sagt er, »als ich von meinem Schlüsseleinsatz nach Hause gekommen bin. Du hattest ... sagen wir mal ... ein paar Probleme.«
Ich lasse mich wieder ins Kissen fallen. Mein Körper fühlt sich an, als hätte ihn jemand mit Teer ausgegossen.
»Kann ich einen Kaffee haben?«
»Natürlich kannst du einen Kaffee haben.«
Das ging alles so wahnsinnig schnell gestern. Ich kann ja wirklich trinken, so ist es nicht, aber das Tempo, das diese Jules Thomsen vorgelegt hat, war schon krass. Ich drehe mich zur Seite und sehe aus dem Fenster. Tatsächlich. Klatsches Bude. Von meinem Bett aus kann man nicht aus dem Fenster schauen. Und plötzlich hab ich eine Frau im Kopf. Sie hat dunkelblonde Locken. Ich weiß im ersten Moment gar nicht, wo die jetzt herkommt, aber dann dämmert es langsam. Die stolperte da gestern noch in den Nachthafen. Hat einen schnellen Wodka mit uns getrunken. Das war eine Freundin von Jules, glaube ich. Genau. Sie kam rein, hat sich wegen irgendwas tie-

risch aufgeregt, ich hab aber nicht kapiert, worum es ging. Und dann hat sie sich meine Thekengesellschaft regelrecht unter den Nagel gerissen. Sie hat sie richtig aus der Kneipe geschleift. Glaube ich. Bin mir aber nicht sicher.

*

Es hat bis zum frühen Nachmittag gedauert, bis ich wieder einigermaßen klar war. Ich hab mich so lange in der Staatsanwaltschaft hinter meinen Akten versteckt. Teufel Alkohol. Jetzt geht's langsam. So langsam tauche ich wieder auf. Ich rufe den Faller an. Die alte Rosenschere. Es klingelt dreimal, dann geht er ran.
»Chastity«, sagt er, »schön, dass Sie anrufen.«
»Schön, dass Sie rangehen«, sage ich. »Wie geht's Ihnen, Faller?«
»Ausgezeichnet, danke.«
»Wie das denn?«, frage ich.
Das gab's noch nie. Dass der Faller mal nichts zu maulen hat.
»Ich hab endlich meine Rosen geschnitten«, sagt er.
Ach nee.
»Das hab ich so lange vor mir hergeschoben, das wurde schon ganz gammelig. Jetzt sind die alten Zöpfe ab. Ich muss mich da nicht mehr mit beschäftigen. Fühlt sich sehr gut an.«
Ich kann mir nicht helfen, aber ich glaube, der Faller spricht gar nicht von seinen Rosen.
»Sie brauchen den Leuchtturm nicht mehr, oder?«

»Man kann nie wissen«, sagt der Faller.
Ich zünde mir eine Zigarette an. Ich bin mir nicht mehr sicher, ob der Faller Lust hat, dem Calabretta und mir zu helfen. Ob er sein Bullenhirn für uns noch mal anschmeißt. Ob er sich noch mal in Richtung Sumpf bewegt. Da wachsen keine Rosen. Ich will es trotzdem versuchen.
»Haben Sie ein bisschen Zeit für mich?«, frage ich.
»Natürlich, mein Mädchen«, sagt er. »Wann?«
»Heute Abend? Essen?«
»Wo?«, fragt er.
Ich muss an gestern Nacht denken. Jules Thomsen und ihr Hass auf ihren feinen Laden. Ich würde mir das gerne noch mal anschauen. Irgendwie lässt mich die Frau nicht los. Irgendwas an der fasziniert mich.
»Lassen Sie uns ins *Taste* gehen, ja?«
»Ins was?«, fragt er.
»In dieses Restaurant in dem alten Fabrikgebäude«, sage ich. »Gleich hinter der Reeperbahn. Wissen Sie?«
»Keine Ahnung«, sagt er.
»Holen Sie mich um acht zu Hause ab?«
»Okay.«
Der Faller im Discorestaurant. Toll.

*

Er hält sich die Speisekarte vors Gesicht. Manchmal zieht er sie ein kleines Stückchen nach unten, so dass ich nur seine Augen sehen kann. Ich glaube, er schneidet mir hinter der Karte Grimassen.

»Hey«, sage ich, »Clown gefrühstückt, hm?«
Er zieht die Karte bis zu seinem Kinn und sagt:
»Das ist doch auch zum Totlachen hier. Gepiercter Barsch. Also bitte. So ein Bullshit. Ich bin ja mal gespannt, wann Sie mir sagen, warum wir hier sind.«
»Nur so«, sage ich, »das hat gar keinen richtigen Grund. Ich dachte, es ist lustig, Sie mal in so eine schnieke Umgebung zu setzen und zu kucken, was passiert.«
»Haha, Chastity.«
Der Faller wieder. Kann eben doch nicht aufhören, Bulle zu sein. Aber das passt mir ja ganz gut. Vielleicht kriege ich heute Abend doch noch ein paar kluge Gedanken aus ihm rausgepult.
Unser Kellner heißt Bengt. Aha. Bengt sieht im Prinzip genauso aus wie Jason. Er bringt dem Faller ein Wasser und mir ein Glas Weißwein. Dann fängt er an, die Tageskarte runterzurattern. Das hat Jason nicht gemacht.
Ich bin eigentlich nicht der Typ für so was, aber ich glaube, ich sollte die Blutwurst probieren. Jules Thomsen hat gesagt, die Würste sind was Besonderes. Ich wüsste gerne, was sie meint.
»Ich nehme die Blutwurst mit Äpfeln«, sage ich.
»Und ich die Knastpralinen«, sagt der Faller.
Bengt nickt.
»Einmal Blutwurst und einmal Knastpralinen«, sagt er knapp, und dreht eine Pirouette in Richtung Küche.
»Knastpralinen?«, frage ich.
»Buletten«, sagt der Faller. »Schöne, dicke Frikadel-

len. Ist ja nicht so einfach, die gut zu machen. Und passt gar nicht zu dem Laden hier. Bin mal gespannt, ob die das hinkriegen.«
»Die kriegen das hin«, sage ich.
»Woher wissen Sie das?«, fragt er. »Öfter hier, hm?«
»Nein«, sage ich und ziehe demonstrativ die Augenbrauen hoch. Ich versuche, den Spott in seiner Stimme zu ignorieren. Geht aber nicht. Ich muss mich verteidigen.
»Ich hab neulich die Chefin kennengelernt«, sage ich, »die ist Spezialistin in Sachen Fleisch. Und ich mag sie ganz gerne.«
»Sie mögen jemanden, der so einen Kasten hier sein Eigen nennt?«, fragt er. »Ist das Ihr Ernst, Chas?«
Ich beuge mich über den Tisch und sage leise:
»Sie hasst es. Sie hasst den Ort, und sie hasst die Leute.« Ich lehne mich wieder zurück. »Aber irgendwie kommt sie aus der Nummer nicht mehr raus.«
»Das wiederum«, sagt der Faller, »finde ich auch sehr sympathisch. Gefangen im eigenen Leben und es zugeben können. Schaffen nicht viele.«
»Ja«, sage ich, »die meisten würden doch so tun, als wäre alles chicko, oder?«
Der Faller nickt, trinkt einen Schluck Wasser und sieht mich nachdenklich an.
»Und jetzt reden wir mal über das, weswegen wir hier sind«, sagt er. »Was ist mit den toten Männern aus der Elbe? Problem, oder?«
»Ja«, sage ich und streiche mit dem Zeigefinger über den Rand von meinem Weinglas. »Ist verflucht schwierig. Bis vorgestern hatten wir praktisch gar nichts, an

dem wir uns hätten festbeißen können. Der Calabretta hat quasi ins Blaue ermittelt, das hat den wahnsinnig gemacht, der hat sich die Nächte um die Ohren geschlagen und ziellos nach Verdächtigen Ausschau gehalten, nur um irgendwas zu unternehmen. Und plötzlich haben wir einen Zeugen. Aber der ist ein windiger Typ. Wir vermuten, dass er die Frau, die er belastet hat, verfolgt. Trotzdem hat er wahrscheinlich beobachtet, wie sie jemanden getötet hat, der ziemlich genauso aussah wie unser erstes Opfer. Und er hat noch eine zweite Frau gesehen.«
Der Faller schaut mich zufrieden an. Sein Blick sagt: Wusst ich's doch. Zwei Frauen.
»Wobei das Ganze nicht nach Mord aussieht, sondern eher nach einem saftigen Totschlag, einer Affekthandlung«, sage ich. »Vielleicht war es sogar Notwehr. Was dann so was von überhaupt nicht dazu passt, dass die ersten beiden Opfer zerschnitten und in Mülltüten verpackt waren. Das ergibt alles keinen Sinn.«
Der Faller kratzt sich am Kinn.
»Dieser Zeuge«, fragt er. »Konnte der die Frauen denn ordentlich beschreiben?«
»Die Phantombilder, die wir mit seiner Hilfe haben anfertigen lassen, sind einen feuchten Schiss wert«, sage ich. »Der Typ konnte oder wollte dann doch nichts Genaues sagen. Trotzdem hat der Calabretta jede Menge Männer auf den Kiez geschickt, die rund um die Uhr die Augen aufhalten, nach einer Frau mit dunkelblonden Locken und auffälligen Kurven.«
»Nach so einer wie der da drüben?«, fragt der Faller.

Er zeigt mit den Augen zur Bar. Da ist diese Kellnerin, die mir beim letzten Mal schon aufgefallen ist. Brutal sexy ist die wieder. Es ist, als hätte sie eine Staubwolke aus Sex um sich rum, und immer dort, wo der Blick eines Mannes auf sie fällt, fangen die Staubpartikel an zu glitzern. Die Luft flimmert bei jedem Schritt, den sie macht.
»Ja«, sage ich, »so ungefähr.«
»Arme Frau«, sagt der Faller.
»Wieso das denn?«, frage ich.
»Das ist doch nicht schön«, sagt er. »All die Bestien hier im Raum holen sich später zum Einschlafen einen auf sie runter.«
»Aber das kriegt sie doch gar nicht mit«, sage ich.
»Oh doch«, sagt der Faller. »Das weiß sie ganz genau. Sehen Sie nicht, wie sie sich unter den geifernden Blicken dieser Typen windet? Würde mich nicht wundern, wenn die einmal am Abend von irgendeinem Heini an den Arsch gefasst kriegt. Keiner der Männer hier sieht in ihr was anderes als ein scharfes Stück Fleisch. Das muss entsetzlich unangenehm sein.«
Ich sehe der Kellnerin hinterher. Wahrscheinlich hat der Faller recht. Ich kann das nicht einschätzen. Ich weiß nicht, wie das ist, wenn Männer einen so ankucken. Mich kucken die nie so an. Vor mir haben die Typen immer eher Angst.
Am anderen Ende des Raumes geht die Schwingtür zur Küche auf, und ich sehe, wie Jules Thomsen herauskommt. Sie bleibt dicht vor der Schwingtür stehen und schaut angestrengt in den Raum. Sie scheint jemanden zu suchen. Und dann ist die Kellnerin mit

den Locken bei ihr, und in diesem Moment schnalle ich das erst, dass sie die Frau von letzter Nacht sein muss, die Freundin von Jules, die so reingerauscht kam und so aufgebracht war. Man sieht sofort, dass die Frauen befreundet sind. Sehr eng befreundet. Da ist Vertrauen und Seele zwischen den beiden, es liegt in der Art, wie sie sich ansehen und miteinander reden und sich dabei immer wieder beiläufig an den Händen fassen. Liebevoll, vorsichtig, mit großem Verständnis füreinander. Mir wird ganz warm um die Augen, wie ich die beiden so ansehe.
»Die Blutwurst für die Dame«, sagt Bengt, »und die Knastpralinen für den Herrn. Bitte schön.«
»Danke«, sagt der Faller.
Und in dem Augenblick, als die Teller mit dem Essen vor uns auf dem Tisch stehen, passiert etwas in meinem Kopf. Es fühlt sich an, als würde in einem großen Schaltkreis eine Sicherung nach der anderen eingeschaltet und dabei hell aufleuchten. Als würde mir endlich ein Licht aufgehen. Es geht einerseits verflucht schnell, andererseits auch ganz in Ruhe Stück für Stück, eins nach dem anderen, zack, blitz, zack, blitz, zack, blitz. Da knallen Bilder durch meinen Kopf. Die toten Gesichter von Dejan Pantelic und Jürgen Rost, die Hände, die Füße, fein säuberlich verpackt. Das arrogante Söhnchen von Lell. Der Brückner, wie er sagt, dass die drei Männer Frauen respektlos behandelt hätten. Der Tritt, mit dem die Männer gestorben sind. Das blondgelockte Haar im Schopf von Dejan Pantelic. Die katzenhafte Körperspannung der Kellnerin. Ihre Wut von gestern Nacht.

Die Wut von Jules Thomsen. Diese Verachtung, die sie für ihre Gäste empfindet. Und die Zartheit, mit der sie Carlas Verletzung erkannt hat. Als wüsste sie um solche Dinge. Und dann dieses Essen. Fleisch.
Lupara Bianca hat der Calabretta das genannt. Die Leiche verschwinden lassen, indem man sie den Schweinen zum Fraß vorwirft.
»Faller«, sage ich.
Er sticht mit der Gabel in seine Frikadelle und schneidet ein Stück ab.
»Sieht wirklich fabelhaft aus«, sagt er.
»Faller«, sage ich, »nicht essen.«
»Warum nicht? Deshalb sind wir doch hier, oder?«
»Vielleicht spinne ich«, sage ich, »vielleicht spinne ich total, aber bitte, bitte, nicht essen.«
Ich versuche, die Blutwurst auf meinem Teller zu ignorieren, aber es ist, als würde sie sich unaufhörlich in mein Gesichtsfeld schieben, als würde sie mich zwingen, sie anzusehen. Mir wird kotzübel. Ich springe auf und sprinte in Richtung Toiletten, der Raum um mich herum verschwimmt vor meinen Augen und dreht sich, ich halte mir die Hand vor den Mund und schaffe es gerade noch bis zur Kloschüssel, und dann ist es überhaupt nicht schön. Mein Körper dreht sich auf links. Ich spucke Bauklötze.
Als es vorbei ist, kratze ich mich von den bunten Design-Fliesen, stütze mich aufs Waschbecken und erschrecke, als ich die Frau im Spiegel sehe. Ich sehe aus wie ein altes Gespenst. Ich wasche mir das Gesicht mit kaltem Wasser und versuche, die finsteren Ringe unter meinen Augen mit den Fingern wegzuwischen.

Und ich versuche, das Durcheinander in meinem Kopf zu sortieren.
»Du irrst dich«, sage ich zu meinem Spiegelbild. »Das kann nicht sein.«
Ich atme tief durch, streiche mir noch mal die Haare aus der Stirn. Und während ich zurück ins Restaurant gehe und darüber nachdenke, ob ich dem Faller von meinem Verdacht erzählen soll oder ob das einfach zu irre ist, fällt mir diese Tür auf, in dem langen, rotgestrichenen Gang. *Staff only. Kein Durchgang.*
Die Tür ist auf. Hinter der Tür ist ein Innenhof mit einem gepflasterten Weg, einer kleinen Rasenfläche und ein paar Bambusstöcken. Auf dem Rasen sind runde, wie vom Wasser geschliffene Felsbrocken verteilt. Sie haben genau die richtige Größe. Der Weg führt zu einem Schiebegitter. Hinter dem Gitter steht ein Müllcontainer. Das Gitter ist abgeschlossen, aber ich kann drüberklettern. Ich schiebe den Müllcontainer auf. Der ist bis zum Rand voll mit dicken, schwarzen Müllsäcken.
Ich mache den Container wieder zu und klettere zurück in den Hof. Da ist noch eine zweite Tür. Die Tür führt direkt in die Küche.
Jules Thomsen steht vor einem von vier Gasherden. Sie holt Bratwürste von einer Stange und legt sie in eine schwere gusseiserne Pfanne. Auf einem langen Tisch stehen die Teller, die zum Servieren fertig sind. Blutwurst geht heute gut. Aber auch diese sehr spezielle Bratwurst und etwas, das aussieht wie scharf marinierte Schnitzel. Und dann noch die Frikadellen, wie sie auch der Faller auf dem Teller hat. Was immer

hier vorgeht, ich hoffe, dass er noch nichts gegessen hat.
Auf einer zweiten Gasflamme steht ein großer Topf. In dem Topf köchelt ein dickes Ragout blubbernd vor sich hin. Was in den drei Öfen ist, kann ich nicht sehen. Aber ich kann es riechen: Da brät Fleisch.
Jules sieht mich an. Sie nimmt die Hand ihrer Freundin, die kurz nach mir durch die andere Tür in die Küche gekommen ist. Die Freundin sieht mich auch an. Es sind genau fünfzehn Leute in dieser Küche, aber nur zwei wissen, was hier passiert ist. Ich beginne gerade, es zu begreifen.
Ich stelle mich zu Jules und ihrer Freundin an den Herd. Sie sehen mich weiter unbewegt an. Sie wissen, dass ich ahne, was sie gemacht haben. Sie sehen mich an, wie Carla mich angesehen hat, als ich aus ihrem Keller gekommen bin. Halt dich da raus. Das ist meine Sache.
»Hey, Jules«, sage ich.
Sie antwortet nicht. Sieht mich nur an, die eine Hand an ihrer Pfanne, die andere an ihrer Freundin. Der sie geholfen hat. Sie musste ihr helfen, weil sie ihre Freundin ist. Das ist doch immer die Frage in Freundschaften: Wenn ich einen umgebracht habe, hilfst du mir? Und nun war das eben so. Die Freundin hat einen umgebracht. Vielleicht aus Versehen, vielleicht hat sie sich auch nur gewehrt. Vielleicht war's auch kein Versehen. Vielleicht hat's ihr einfach gereicht. Immer diese Blicke. Immer dieses Gequatsche. Das Gegrapsche. Diese hohle Überzeugung all der Holzköpfe, dass sie doch im Grunde ihnen gehört. Dass

sie einfach mit ihr machen können, was sie wollen. Vielleicht war es so. Und dann war da plötzlich eine Leiche, und die Leiche musste verschwinden. Und dann noch eine, und dann noch eine. Bei der dritten hat Jules sich geweigert, warum auch immer. Die Nerven verloren. Angst gekriegt. Aber die ersten beiden sind weg. Bis auf das, was man nicht verwenden kann. Was auffällt in einer Küche. Was die Schweine nicht fressen würden, weil sie es als Teil ihrer selbst erkennen würden. Hände, Füße, Köpfe. Oder sind Schweine da gar nicht so empfindlich? Hätten sie's vielleicht sogar gegessen? Mir wird wieder flau im Magen. Ich versuche mich zusammenzureißen.
»Sie haben mich gestern gefragt, ob ich meinen Job mag«, sage ich. »Erinnern Sie sich?«
Sie nickt. Sie gehört ins Gefängnis, beide gehören sie ins Gefängnis, das weiß sie. Ich weiß das natürlich auch, aber irgendetwas ganz hinten in meinem Hirn, in dem Teil, der uralt ist, der mehr fühlt als denkt, sagt mir, dass das nicht richtig wäre. Das es ungerecht wäre. Dass die beiden Frauen in dieser Küche die Guten sind, und die Schweine, die sitzen draußen im Restaurant. Oder liegen auf den Tellern. Ich konzentriere mich auf die Augen von Jules, ich schaue geradeaus, so gut es geht, damit ich nicht spucken muss. Ich hole tief Luft, dann beuge ich mich ein bisschen zu den beiden Freundinnen, so dass sie mich verstehen, auch wenn ich gleich sehr leise reden werde. Die anderen Leute in der Küche ignorieren mich, ich glaube, sie bemerken mich nicht mal. Die Arroganz der Arbeitenden.

»Ich bin Staatsanwältin«, sage ich, »und es gibt manchmal Situationen, da bin ich das nicht gerne.«
Jules lässt die Pfanne los und hält sich am Herd fest. Ihre andere Hand hält weiter die Hand ihrer Freundin.
»Zum Beispiel«, sage ich, »wenn mir einfällt, dass ich dringend mal wieder abhauen sollte. Weit weg. Wenn mich plötzlich die Lust packt, Ferien in Rio zu machen oder in Buenos Aires oder in Mexico City. Wenn ich das Gefühl habe, dass ich so weit weg möchte, dass mich keiner findet. Dann kann ich das nicht einfach machen. Das geht nicht so spontan, im Staatsdienst. Da muss man den Urlaub immer lange vorher beantragen, dann muss das genehmigt werden, und dann ist es meistens schon zu spät, dann ist mein plötzliches Reisefieber vorbei. Das nervt mich gewaltig. Ich wünschte, ich hätte da mehr Möglichkeiten. Gerade jetzt, wo das Wetter umschlagen soll. Ich hab gehört, dass es richtig ungemütlich werden könnte in Hamburg. Wer kann, sollte sich so schnell es geht vom Acker machen.«
Die beiden Frauen sehen mich mit großen Augen an. Und ich kann nicht glauben, was ich da erzähle.
»Also«, sage ich, »wenn ich die Möglichkeit hätte, würde ich den nächsten Flug nach Südamerika nehmen. Oder das nächste Schiff. Guten Abend, die Damen.«
Dann drehe ich mich um, verlasse die Küche so, wie ich gekommen bin, gehe durch den Hinterhof, durch die Tür an den Toiletten vorbei, durchs Restaurant, zum Faller an den Tisch und setze mich.

Er hat sein Essen nicht angerührt.
»Chas, Sie sehen aus, als wären Sie dem Leibhaftigen begegnet. Alles in Ordnung?«
»Ja«, sage ich, »alles okay.« Und es stimmt: Vielleicht bin ich dem Leibhaftigen begegnet, vielleicht habe ich gerade meine Seele verkauft, aber es fühlt sich an, als wäre es in Ordnung so.
»Dann können wir jetzt essen?«, fragt der Faller.
»Nein«, sage ich. »Wir sollten das nicht essen.«
»Was soll das, Chastity? Ich hab einen Mordshunger, und diese Buletten hier sehen echt gut aus.«
»Ich spendier Ihnen später 'ne Currywurst«, sage ich. »Jetzt gehen wir erst mal vor die Tür, rauchen eine Zigarette, und dann rufen wir den Calabretta an.«
Der Faller schüttelt den Kopf, legt seine Serviette auf den Tisch und steht auf.
»Was bin ich froh«, sagt er, »dass ich nicht mehr im Dienst bin. Nicht mal in Ruhe essen kann man. So ein Blödsinn. Aber wenn Sie meinen, bitte schön.«
Der Faller kennt mich. Er weiß, dass ich nicht lockerlasse. Ich trinke meinen Wein in einem Zug aus, rufe Bengt und drücke ihm einen Hunderter in die Hand. Er soll keine blöden Fragen stellen.
Draußen vor der Tür zünde ich zwei Zigaretten an und gebe eine dem Faller. Wir rauchen. Er schiebt seinen Hut ein bisschen nach hinten. Der Hut ist hellgrau und sieht sehr sauber aus. Ich habe am Faller noch nie einen so sauberen Hut gesehen. Er bläst Rauchwolken in die Dämmerung und beobachtet mich aus dem Augenwinkel. Er ist misstrauisch. Ich denke, er hat geschnallt, dass ich hier was durchziehe.

»Chastity?«
»Ja.«
»Wollten Sie nicht den Calabretta anrufen?«
»Ja.«
»Wann?«
»Wenn ich mit Rauchen fertig bin«, sage ich.
»Aha«, sagt der Faller.
Er dreht sich zu mir und stützt die Hände in der Taille auf. Seine Zigarette lässt er im Mundwinkel hängen. Er sieht aus wie eine sehr stattliche Opa-Version von Robert Mitchums Philip Marlowe.
»Hören Sie, mein Mädchen«, sagt er. »Ich weiß nicht, was hier vor sich geht, aber ich weiß, *dass* etwas vor sich geht. Sie sollten jetzt wirklich den Calabretta anrufen.«
Ich antworte nicht.
»Das ist nicht okay, was Sie hier machen«, sagt er.
»Ich weiß«, sage ich. »Es geht nicht gegen den Calabretta. Ich mein das nicht persönlich. Okay?«
»Gut«, sagt er. »Dann ist ja gut.«
»Und?«, frage ich.
»Nichts und«, sagt er.
Er holt ein Päckchen Roth-Händle aus seiner Hosentasche und zündet sich noch eine zweite Zigarette an, aber eine von seinen eigenen. Der Faller. Hält er tatsächlich die Schnauze und lässt mich machen? Er hat immer nach einer Möglichkeit gesucht, sich zu bedanken. Es wiedergutzumachen. Das, was ich vor Jahren für ihn getan habe. All die Lügen, die ich erzählen musste. Die schmutzigen kleinen Deals und Geheimnisse, die wir aufrechterhalten mussten. All

die Folgen davon, dass er knietief in die Scheiße gerutscht war. Jetzt ist es so weit. Er zahlt es zurück.
Ich rücke ein Stück näher an ihn ran und hänge mich bei ihm ein.
»Schöner Hut«, sage ich. »Ist der neu?«
»Ja«, sagt er, »hab ich mir gestern gekauft.«
Ich ziehe an meiner Zigarette und blase ihm den Rauch an die Hutkrempe.

London – Buenos Aires – Glasgow

Es war Klatsches Idee. Er sagt, er hätte das früher immer gemacht, mit seinen Kumpels, als sie so vierzehn, fünfzehn waren. Ein paar Dosen Bier für jeden, eine Schachtel Zigaretten für alle, und dann ab zum Flughafen und rumspinnen.
Wir sitzen auf der Besucherterrasse. Die machen ein bisschen auf Bistro hier, mit ihren runden weißen Tischen und den verschnörkelten Stühlen. Wir sind nicht gern gesehen mit unseren Blechdosen, aber das juckt uns nicht. Wir trinken Bier und rauchen Zigaretten und verabschieden Flugzeuge in den grauen Hamburger Himmel. Die Wolken hängen in Schichten, und sie ziehen schnell. Es ist noch nicht mal August, aber man kann den Herbst schon riechen.
»Das war's mit dem Sommer«, sage ich.
»Macht nichts«, sagt Klatsche und verschränkt die Hände hinterm Kopf. »Das muss so in Hamburg. Kurz, aber heftig.«

*

Der Calabretta ist mit dem Schulle und dem Brückner und vier Einsatzwagen gekommen.
Als ich ihn angerufen und von meiner Vermutung erzählt habe, war ihm sofort klar gewesen, dass ich recht hatte.
Er hat das Restaurant im großen Stil auseinandergenommen. Alle Gäste rausgeschmissen, alle Angestellten im Gastraum zusammengetrieben. Dann die Küche gefilzt und den Müll durchsuchen lassen. Im Kühlraum haben sie die Leiche eines jungen Mannes gefunden, hinter ein paar Schweinehälften. Die Leiche hing an einem Haken, sie war ausgeblutet und fertig für die Verarbeitung. Kopf, Hände und Füße waren sauber abgetrennt. Die wurden von einem Beamten im Container gefunden, in einem schwarzen Müllsack, fest mit Paketband verklebt. Die KTU hat am nächsten Tag DNA-Spuren gefunden, in der Küche und im Kühlraum. Die Spuren gehörten zu Dejan Pantelic und Jürgen Rost. Der Mord an Hendrik von Lell ist offiziell weiter ungeklärt. Da konnte nichts bewiesen werden.
Es war ein ziemliches Tohuwabohu, als der Calabretta angerauscht kam. Die Fahndung nach der Köchin Jules Thomsen und der Kellnerin Suzanna Petersen ist dann auch relativ spät rausgegangen. Weil einer von den Beamten gepennt hat. Er war ein bisschen abgelenkt von einem alten Kollegen, den er lange nicht mehr gesehen hatte, und er war so überrascht, dass der da plötzlich neben ihm stand, mit seinem Hut und seinen Roth-Händle-Zigaretten, und ihn vollsabbelte.

Dumm gelaufen. Die Fahndung hätte einfach schneller rausgemusst.

*

»Wie war das noch mit dem Flieger nach Buenos Aires?«, fragt Klatsche und nimmt einen Schluck Bier.
»Jeden Tag«, sage ich, »ab London.«
Ich lehne mich in meinem Stuhl zurück und schaue in den Himmel. London ist nur eine Flugstunde, aber harte Passagierkontrollen entfernt.
»Nach London kann man's von Hamburg aus gut schaffen«, sagt Klatsche.
»Ich weiß nicht«, sage ich. »Wie denn?«
»Mit dem Schiff«, sagt er, »als blinder Passagier.«
»Das glaub ich nicht«, sage ich.
»Machen so viele«, sagt Klatsche. »Hab ich auch schon gemacht. Kriegt keine Sau mit. Ist nicht schwierig und 'ne gute Sache, wenn man nicht fliegen will. Man muss nur ein bisschen clever sein.«
Klatsche zerdrückt seine Bierdose und macht sich noch eine auf.
»Wollen wir nicht übers Wochenende abhauen?«, fragt er.
»Warum das denn?«, frage ich.
»Weil wir das noch nie gemacht haben«, sagt er. »Wir waren noch nie zusammen weg.«
Ich zünde mir eine Zigarette an. Ich wüsste jetzt gar nicht, wohin.
»Wohin denn?«, frage ich.
»In zwei Stunden geht eine Maschine nach Glasgow«, sagt er. »Hab ich vorhin gesehen. Glasgow ist

ein bisschen wie Hamburg. Wär nicht so 'n Schock für dich.«
»Mein Urgroßvater kam aus Glasgow«, sage ich.
Schottland. Könnte man machen.
Wir trinken aus, kaufen zwei Tickets und zwei Zahnbürsten, und dann checken wir ein.

»Jules?«
»Suzanna?«
»Gibst du mir mal bitte die Sonnencreme?«
»Gesicht oder Körper?«
»Gesicht.«
»Hier.«
»Danke.«
»Noch einen Daiquiri?«
»Nein. Was du immer für hartes Zeug in dich reinschüttest.«
»Hey, nur die Harten kommen in den Garten ...«
»... die Zarten müssen draußen warten, ja, ja.«
»Jetzt erzähl mir nicht, dass du zart bist.«
»Ich war mal zart.«
»Ich weiß.«

Danke:

Domenico und Rocco, weil ihr bei mir seid.
Carolin Graehl und Werner Löcher-Lawrence, für die liebevolle Professionalität (immer und immer wieder).
Romy und Guelmo, für Omas und Opas Kindergarten und all die Hilfe.
Anika Haberecht, fürs Einspringen tagsüber und abends.
Thorsten Gillert, für die offenherzige Preisgabe von pikanten Informationen.
Und natürlich den freundlichen Beamten vom Zollamt Hamburg-Veddel, fürs Vertrauen.

Simone Buchholz

Revolverherz

Ein Hamburg-Krimi

Cool bis zum Anschlag und mit ganz viel Herz, so sind die Menschen auf St. Pauli – und so ist auch Staatsanwältin Chas Riley, die gnadenlos romantisch wird, wenn es um ihren Kiez geht. Es ist Frühling in Hamburg, und alles könnte so schön sein – wäre da nicht ein rätselhafter Killer, der tote Frauen an der Elbe drapiert. Um ihn zu stoppen, muss Chas am Ende dahin gehen, wo es besonders wehtut: in die Abgründe der eigenen Vergangenheit …

»Ein Kriminalroman, der dem Leser mit voller Wucht das Leben entgegenwirft.«
Hamburger Abendblatt

»Ein betörendes Debüt, sprachlicher und stilistischer Hochglanz, mit Figuren bigger than life und gerade deshalb unvergesslich.«
WDR5 Mordsberatung

»Es wäre zu wünschen, dass die Staatsanwältin Chas nicht so bald dienstversetzt wird!«
Spiegel online

Knaur Taschenbuch Verlag

Simone Buchholz

Pasta per due

So schmeckt die Liebe

Ein Italiener braucht eine Frau, die kochen kann. Eigentlich ein Klischee. Aber Simone Buchholz schert sich nicht darum, sie bekocht ihren Italiener gerne. Anhand ihrer Lieblingsrezepte, von Antipasti bis Dolci, erzählt sie, wie sie sich nicht nur in sein Herz, sondern auch in das seiner Familie gekocht hat.

Knaur Taschenbuch Verlag